365日入門シリーズ④

芭蕉の一句

髙柳克弘
katuhiro takayanagi

ふらんす堂

芭蕉の一句＊目次

芭蕉の一句

凡　例

○松尾芭蕉の発句から三百六十五句を選出し、鑑賞を加えた。現代人の生活実感に合わせるため、新暦に基づく季節順に配列しており、制作時期とは一致していない。また、紀行文に現れてくる句の場合、配列順が文中の時系列に従っていない場合もある。

○平成十九年（二〇〇七）一月一日から十二月三十一日にわたり、ふらんす堂のホームページに連載したものを元にしている。単行本化にあたって、句の配列を変えている場合がある。また、鑑賞文には加筆修正をしてある。参考文献は、そのつど鑑賞文の中に典拠を示した。

○句の引用は今栄蔵校注『芭蕉句集』（新潮日本古典集成）に拠った。読みやすさを考え、著者の判断で一部の漢字にルビを付した。発句におけるルビは旧仮名遣い、鑑賞文におけるルビは古典からの引用を含め新仮名遣いを原則とした。

○鑑賞文中の古典からの引用は、出典に忠実であることを第一としたが、煩雑さを避けるため一部漢字を仮名に改め、送り仮名を加えた。繰り返し記号はもとの文字に直した。

○発句、鑑賞文中の引用ともに、旧字体の漢字・略字・俗字・異体字などは、原則として現行漢字に改めた。ただし、発句の「螢」「艸」などはそのまま残すことにより、底本の面影を残すこととした。

○掲出句の下に典拠を明示、鑑賞文の終わりに太字で季語と季節とを示した。また先述の『芭蕉句集』の基準に従い、原則として句形は成案（最終案）を採用した。

○鑑賞文中に頻出する許六系の伝書『俳諧雅楽集』は、大阪女子大学図書館・山崎文庫所蔵の写本を、堀切実が翻刻したものを引用元にしている（「フェリス女学院大学紀要」（第十一号　昭和五十一年四月）に所収）。

○巻末に季語別の索引を付した。

一月

1日

薦《こも》を着て誰人《たれびと》いますす花の春　（真蹟草稿）

「都近きあたりに年を迎へて」と前書。正月、京に近い賑やかな往来。そこに見つけた、薦を被った乞食。あなたはまさか世を捨てた聖でいらっしゃるのでは、という句意。『撰集抄』（西行の説話集）には、乞食に身をやつし、市井の中で脱俗をはかる高僧の話がいくつも載る。そうした生き方に憧れていた芭蕉にとって、正月の往来に乞食の姿を見出すことはすなわち「花の春」を寿ぐことに他ならなかった。言葉の表層的意味にとらわれ、正月に乞食を詠む不謹慎さを批判した京の俳諧師たちに対し、芭蕉は「あさましく候」と嘆いている（元禄三年四月十日付此筋・千川宛書簡）。**季語＝花の春（新年）**

2日

二日にもぬかりはせじな花の春　『笈の小文』

「宵の年、空の名残り惜しまんと酒飲み夜ふかして、元日寝忘れたれば」と前書。大晦日から元日にかけては酔い潰れ、初春の気分を台無しにしてしまったが、二日こそはきっと「花の春」を満喫するぞ、という句意。まっとうに正月一日の訪れを喜ぶのでは物足りない。二日の日の出にこそ、めでたさを見出そうとしているところに、世外の徒としての矜持が感じられる。上五を「二日には」ではなく「二日にも」としたことで、類想のない句になったと自解している（『三冊子』）。この場合、「も」は詠嘆。「二日には」では、理がついてしまう。伊賀へ帰郷した際の句。**季語＝花の春（新年）**

3日

年は人にとらせていつも若夷《わかえびす》

『千宜理記』

「若夷」は、えびす様を描いた絵札のこと。元日の朝、人々はこれをえびす売りから買い求めて門口に張り、福の到来を願った。絵が歳を取らないという当たり前のことを、「歳をひとびとに取らせているからだ」と理由づけしたところに、軽い笑いが生まれている。「いつも若夷」には、「いつも若い」が言い掛けられている。言葉遊びの面白さを狙った、芭蕉初期の句である。そういえばお正月、街角のカーネル・サンダースが紋付袴を穿いているのを見て仰天したことがある。カーネルおじさんのほほえみは、えびす様に似ていなくもない。季語＝若夷（新年）

4日

大津絵の筆のはじめは何仏《なにぼとけ》

『俳諧勧進牒』

「三日口を閉ぢて、正月四日に題す」という前書が付されている。四日は仕事始め。「大津絵」の画工は、四日の仕事はじめに、どんな仏の絵を描くのだろうと慮ったものだ。前書を合わせて読めば、自らへ奮起を促すふうでもある。「私自身もそろそろ俳諧師として一年を歩み出すとしよう」、そんな静かな決意が伝わってくる。今日では荒いタッチの戯画で知られる「大津絵」だが、元々は信仰に基づいたもので、この句が作られた元禄当時には、仏画が多かった。季語＝筆始め（新年）

5日

蓬《ほう》萊《らい》に聞かばや伊勢の初便り

（真蹟自画賛）

「蓬萊」は仙人の住む蓬萊山を模した新年の飾り物。その神々しさに触れたことで、はるかな伊勢神宮へ思いを馳せ、神徳にあずかろうとした。前日の句は大津絵の画工に問いかけるかたちをとっていたが、この句も、見ることのできない遠方に心を寄せている。どちらも、一句の事実性に拘らないことで、めでたい気分をあらわすべき歳旦吟の本義を全うしている。「この春は伊勢に知る人おとづれて便うれしき花柑子かな」という慈鎮和尚の歌から「便」という言葉を取った句であると自解している（元禄七年正月二十九日付曲翠宛書簡など）。季語＝蓬萊・初便り（新年）

6日

幾霜に心ばせをの松飾り

『あつめ句』

いくたびの降霜を経てなお緑を失わない松にあやかろうと、年頭にあたって立てる松飾り。わが粗末な庵では、そんな松の気骨を持った芭蕉をもって松飾りとするのだ、という句意。「心ばせ」とは気骨ある心の働きのことで、ここでは「ばせを」と言い掛けてある。芭蕉は、本来霜に弱い植物のはず。そんな「ばせを」を「松飾り」とするのは、俳諧ならではの新年の祝い方といえる。言い掛けの言葉遊びの中に、年頭にあたっての決意が、たしかに盛り込まれている。季語＝松飾り（新年）

7日

蒟《こん》蒻《にやく》に今日は売り勝つ若菜哉

『俳諧薦獅子集』

人日のこの日ばかりは、さすがにいつでも買える蒟蒻よりも若菜の方が売れるなあ、という句意。「若菜」は春の七草の総称。人日には、無病息災を祈って七草の菜粥を作るならわしがある。市井の風俗を切り取った、軽い俳味の句である。蒟蒻のぼってりとした鈍い感じと、潑剌としてみずみずしい若菜との対比が印象的。「若菜」の俳諧における本意である「わづかなる心　珍しき心」（『俳諧雅楽集』）をうち返し、野にあってはわずかな若菜が町角では盛んに売られているところを捉えた点に新しみがある。因みに、弟子の許六によれば、芭蕉は蒟蒻が好物だったとのこと（『俳諧問答』）。季語＝若菜（新年）

8日

甲《か》比《ぴ》丹《たん》もつくばはせけり君が春

『俳諧江戸通り町』

遠く異国のカピタンもひれ伏すほどの君徳、しかもいまはまさに新春、なんとめでたいことだろう、といった句意。長崎出島のオランダ商館長カピタン（甲比丹）が、正月の慣例として将軍に謁見しにきたことに材をとった句。「つくばふ」は平伏させるという意味で、「君」は将軍のことをさす。手放しに将軍の威光を讃え、新春の気分によく適っている。役職名とはいえ、外国語を取り込んだ句は当時としても珍しかった。ストイックな側面が強調されがちだが、芭蕉の何物に対しても好奇心旺盛だったことは、この句にもあきらかだろう。季語＝君が春（新年）

9日

うたがふな潮の花も浦の春

『いつを昔』

天照大神が「常世の浪の重浪《しきなみ》帰《よ》する国なり。傍国《かたくに》の可怜《うま》し国なり」と讃えた伊勢。掲句の前書にある「二見の浦」は伊勢神宮の垢離《ごり》場で、参拝者はここで体を洗い清めつつ、初日の到来を待った。「うたがふな」とは神仏を称える時の常套語。「波の花」という既成の表現ではなく、「潮の花」と独自の言い回しを取ったのがこの句の手柄。画賛の句ながら、あたかも実景であるかのような迫力がある。「ウ」の音が連なることによるリズムのよさが、新年の心のたかぶりを伝える。季語＝浦の春（新年）

10日

毳《けごろも》に包みて温し鴨の足

『続猿蓑』

鴨の足が腹毛の中におさめられているさまを、まさに「けごろも」（鳥の羽で作った衣）に包まれていると見た句。芭蕉は弟子の一人許六に対しては「発句は畢竟取合物とおもひ侍るべし」（『俳諧問答』）と取合せの句を称揚する一方、別の弟子去来には「こがねを打ちのべたる」（『旅寝論』）ような一物仕立ての句の大切さを説いた。去来は一物仕立ての例としてこの句をあげる。もっとも、柔らかい腹毛と鴨の足の質感の相違からして、取合せの趣向も生かされているだろう。芭蕉の二つの見解は対機説法と受け取られてきたが、一物か取合せかという二元論そのものを問い直す必要がありそうだ。季語＝鴨（冬）

11日

櫓《ろ》の声波ヲ打つて腸《はらわた》氷ル夜や涙

『武蔵曲』

「深川冬夜《とうや》の感」と前書がつく。深川べりに結んだ芭蕉庵での所感である。舟の櫓が川波を打つ何とも侘しい音が聞こえてくると、はらわたまでが凍りつくような思いになって、涙が滲んでくる、という句意。当時の俳諧の流行である漢詩調を取り入れた作ながら、趣向だけの句ではない。ぎくしゃくしたリズムが櫓のきしむ音や波の音を伝えている点、一句の内容ともよく合っているといえるだろう。最後にぽつりと置かれた「涙」の一語が、ひとつぶの涙のようで、心憎い。季語＝氷る（冬）

12日

雪の朝《あした》独リ干《から》鮭《ざけ》を噛み得タリ

『俳諧東日記』

雪の降る寒い朝、ひとり孤独に干鮭を噛み締めた、という句意。肉を食べる富者に対して、貧者は菜を食べて大成する——明の洪自誠によって編まれた随筆集『菜根譚』に載るこの一節を前書に引用した上で、自分はただ貧しいのみと自嘲した句である。歯を責める干鮭の硬さは、孤独の切なさと、雪の朝の透徹した冷えを物語る。干鮭は当時、冬を越す滋養をつける「薬喰い」として食べられたものであるから、一句からは孤独と寒気を生き抜こうとする野趣もうかがえるだろう。季語＝雪の朝（冬）

13日

生きながら一つに氷る海鼠《なまこ》哉

『続別座敷』

桶の中で、重なり合って凍っている海鼠。寒さのあまり生きながら氷ってしまった海鼠の哀れさが伝わってくる句である。スライムのような、独特の質感を持つ海鼠だからこそ、「一つに氷る」という措辞が納得できる。一見するところ写生風の句であるが、「生きながら」の措辞が寓意的な読解への可能性をひらく。草庵で寒さに震えながら、弟子たちと俳諧遊戯に打ち込む自画像とみても面白い。実際、芭蕉の書簡集には、庵の寒さを訴える文言が多く出てくる。季語＝海鼠・氷る（冬）

14日

金《きん》屛《びやう》の松の古さよ冬籠り

（許六宛真蹟書簡）

金屛風に描かれた松、その古色蒼然とした風情を眺めて暮らす冬籠りの日々の豊かさを詠んだ句。「金屛はあたたかに、銀屛は涼し。是をのづから金屛・銀屛の本情也」とは、この句を評した弟子・支考の言葉である（『続五論』）。金屛と銀屛の印象の差を的確に言い当てている。谷崎潤一郎の『陰翳礼讃』に、蒔絵はうすぐらい部屋に置いてはじめて生きるのだという一節があるが、この屛風に描かれた松の風情も、「冬籠り」の空間だからこそしみじみと感得されてくるのではないだろうか。季語＝冬籠り（冬）

15日

いかめしき音や霰の檜木笠《ひのきがさ》　（真蹟短冊）

なんということごとしい音だ、この檜木笠に霰が降りかかってくる音は、といった句意。俳諧研究者の堀切実は芭蕉の聴覚の句に着目し、そこに視覚表現に劣らない〝音風景〟の広がりを指摘した（『芭蕉の音風景』）。この句も音を捉え、それを「いかめしき」と言いとめたことで、冬の澄み切った冷気と、厳しい旅を続けてゆく作者芭蕉の心理までが感じられる。同時期には「木の葉散る桜は軽し檜木笠」（真蹟懐紙）の作もみえる。「笠」を介して自然と交感しているところが、いかにも旅の詩人芭蕉らしい。季語＝霰（冬）

16日

瓶割るる夜の氷の寝覚め哉　（真蹟懐紙）

前日取り上げた「いかめしき音や霰の檜木笠」における霰の音ははっきりしたものだが、この句で捉えられている音は、この上なく微か。凍結した水が膨張し、瓶に小さな罅《ひび》が入る、そのときの音である。芭蕉の感覚の繊細さを証明する一句といえるだろう。「夜の氷」と「氷の寝覚め」との言い掛けによって、厨《くりや》の瓶から寝床の作者自身へと、流れるようにイメージが展開する。一句の内容もさることながら、表現そのものも細緻を極めているといってよい。季語＝氷（冬）

17日

磨ぎなほす鏡も清し雪の花

『笈の小文』

「熱田御修復《あつたみしゆふく》」の前書がある。新しく磨かれた鏡は何とも清らかで、外に降る雪を映していっそうその輝きを増している、という句意。日本武尊由来の草薙剣を祀る熱田神宮は、慶長五年以来修復工事が行われないまま荒廃していたが、貞享三年およそ八十年ぶりに幕府によって再建された。掲句はその翌年の作である。「磨ぎなほす鏡」とは、生まれ変わった熱田神宮の象徴だろう。真新しい鏡に大粒の雪が映っているイメージが美しい。雪を降る花に喩えた「雪の花」という表現は一句における美意識の高まりを示している。季語＝雪の花（冬）

18日

ひごろ憎き烏も雪の朝かな

『俳諧薦獅子集』

真蹟自画賛に付された前書は次のとおり。「今朝東雲のころ、木曽寺の鐘の音枕に響き、起きいでて見れば、白妙の花の樹に咲きておもしろく」。喧しく鳴き騒ぐ烏のことは、ふだんは憎らしく思っていたが、こんな清浄な雪の朝に、雪の積もった枝に見る烏は、なかなか風情があるなあ、といった句意。やかましい烏さえも心引かれるものに見せるほどに、静かで風情ある雪を讃えた句である。雪の白さと烏の黒さも対照的で、印象的な雪景色が描出されている。季語＝雪（冬）

19日

いざ子供走りありかん玉霰　『智周発句集』

さあさあ子供たち、いっしょに走りまわろうじゃないか。つぎつぎと降ってくるこの霰の中で、心のままに……といった句意。はしゃぎまわる子供たちと、地に跳ねる霰とのイメージが重なってくる。軽快な一句だ。故郷の伊賀上野で歌仙を巻いたときの句であり、この日同席した連衆の何人かが子供を連れてきていたのだろう。「俳諧は三尺の童子にさせよ」という『三冊子』の有名な言葉があるように、芭蕉はさかしらな大人よりも「子供」に親しみを持っていたようだ。無心の大切さがよくわかる句。季語＝玉霰（冬）

20日

石山の石にたばしる霰かな　『麻生』

「青白き石多く峙《そばだ》ち、誠に奇観なり」と『近江国與地志略』に記された大津の石山寺での吟。石に跳ね散る霰のさまをとらえた「たばしる」の措辞は、源実朝の和歌「武士《もののふ》の矢並《やなみ》つくろふ籠手《こて》の上に霰たばしる那須の篠原」を意識したもの。まるで戦の前のような緊張感で一句を引き締めている。因みに、石田波郷は病苦を詠った「たばしるや鵙叫喚す胸形変《きょうぎょうへん》」（『惜命』昭25）の句によって、この語を現代に鮮烈に蘇らせた。季語＝霰（冬）

21日

酒のめばいとど寝られね夜の雪

『俳諧勧進牒』

「深川雪夜《ゆきのよ》」と前書。寒さと孤独を紛らわそうと酒を呷れば、かえって寂寥が胸に沁みて眠れない、そんな夜にしんしん雪が降り続いている、という句意。「いとど」は、なおさらの意味。『本朝文鑑』に載るこの句の前文には、孤独を求める心と、寂しさのあまり友を欲してしまう心との葛藤が綴られている。「夜雪」の本意は、「うちとけて静かなる心」（『俳諧雅楽集』）。この句ではむしろ、心通わせるべき友人が傍らにいないことの寂しさが詠われているのであり、本意をうち返すことで「夜の雪」の新しい情趣を見出した句といえる。季語＝雪（冬）

22日

君火を焚けよきもの見せん雪まるげ

『花膾』

君は火を起してくれたまえ、いいものを見せてあげよう、ほら大きな雪まるげだよ、といった句意。「雪まるげ」とは、雪をころがして大きなかたまりにしたもの。中七の「よきもの見せん」まで期待を高めておいて、下五の「雪まるげ」で肩透かしを食らわす。この句は弟子の曾良に贈られたもの。師弟の間にはほのぼのとした笑いが交わされたことだろう。現代俳人の櫂未知子には「雪まみれにもなる笑つてくれるなら」（『蒙古斑』平12）という句がある。こちらには笑いの代わりに、ひたむきな情念が感じられる。季語＝雪まるげ（冬）

23日

寒《かん》菊《ぎく》や粉《こ》糠《ぬか》のかかる臼《うす》の端《はた》　『炭俵』

「粉糠」とは、米搗をするときに臼から舞い上がる粉の謂。粉糠の降りかかった寒菊が、さっきまで米搗に使っていた臼の傍で、なおも凛と咲いているさまを捉えた。同じころ「寒菊や醴《あまざけ》造る窓の前」（荊口宛真蹟書簡）とも詠んでいる。粉糠や醴といった卑俗的な白のイメージと配合されることによって、寒菊の本意である「霜雪に屈せぬ心」（『俳諧雅楽集』）が生かされているのである。寒菊のけなげな美しさは、ことさらそれを目立たせようとすると、むしろかき消されてしまう。むしろ美ならぬものとの対照のうちに美を立ち上がらせているのだ。季語＝寒菊（冬）

24日

冬牡丹千鳥よ雪のほととぎす　『野ざらし紀行』

「桑名本統寺にて」の前書。牡丹もほととぎすも、本来は夏の景物。とはいえ、雪の中に咲く「冬牡丹」もあれば、冬の鳥である千鳥の鳴き声は「雪のほととぎす」ともいうべき趣がある。季節違いの景物に興じると同時に、そこに未知の美を見出して感嘆しているのだ。一句の中に季節のことばを五つも入れ、見立てを駆使した、アクロバティックな技巧の句である。近・現代俳句に慣れた目に、心地よい驚きを与えてくれる。師を同じくした琢恵《たくえ》が住職をつとめる本統寺の庭を誉めての挨拶句である。季語＝冬牡丹（冬）

25日

住みつかぬ旅のこころや置炬燵

『俳諧勧進牒』

「去《い》ね去ねと人に言はれても、なほ喰ひ荒す旅の宿り、どこやら寒き居心を侘びて」と前書。漂泊を繰り返し、無為徒食の日々を送る私を、あたたかく置炬燵でもてなしてくれたが、そんな私の旅心は、所定まらない置炬燵とどこか似て、はや落ち着かなくなっている、といった句意。当時、門人の家を渡り歩いていた芭蕉は、体はあたたかいコタツでぬくまろうとも、心ばかりはすでに野へ放たれていたのだろう。掘炬燵と違ってどこへでも動かせる「置炬燵」が、〝いま・ここ〟のくびきから遊離しようとする芭蕉の心を代弁している。季語＝置炬燵（冬）

26日

比《ひ》良《ら》三《み》上《かみ》雪さしわたせ鷺《さぎ》の橋

『誹諧翁艸』

比良山と三上山の間の、広大な景を、今真っ白な雪が覆いつくしている。氷上の鷺よ、今まさにその雪のような白さでもって、鵲の橋ならぬ鷺の橋をふたつの山の間に渡しておくれ——といった句意。「鵲《かささぎ》の橋」といえば、織女を彦星のもとへ渡すべく、鵲が翼をならべて天の川にかけた橋のこと。ここではそれを「鷺の橋」に見替え、比良三上という琵琶湖の東西に位置する山の間にかかる巨大な雪の橋を幻想している。雪景色のまばゆい光の中、幾羽もの鷺が舞いたち、やがて一つの弧を象ってゆく……。そんな超現実的なイメージに遊ばせてくれる句だ。季語＝雪（冬）

27日

海暮れて鴨の声ほのかに白し

『野ざらし紀行』

「海辺に日暮《くら》して」と前書。耳で聞いた「鴨の声」を、「白」という色によって視覚的に表している。ある感覚を別の感覚と関連させる共感覚の表現は、ヴェルレーヌ、ランボーらに代表される十九世紀のフランス象徴派でさかんに試行された。掲句はそれに先立つこと二世紀にして、彼らの詩に劣らない斬新さを持つ。のみならず「ほのかに」の効果も見逃せない。「鴨の声白し」では、主観の独走。それを軽減させる「ほのかに」の慎ましさは、フランス象徴詩には見られない、俳句ならではの特質といえる。季語＝鴨（冬）

28日

星崎の闇を見よとや啼《な》く千鳥《ちどり》

『笈の小文』

ここ星崎の深い闇を見よとばかりに千鳥が啼いている、というのである。星崎は、現在の名古屋市南区本星崎町。千鳥の名所・鳴海潟に臨む歌枕の地だ。「星」の縁語として「闇」が導き出されている。闇の中にはまたたく星も見えるのだろう。『俳諧雅楽集』は千鳥の本意について「声の淋しきを賞す　深更の事よし」と述べる。そうした寂しげな千鳥の声が、闇の中のかすかな星の光と響き合う。前日の「海暮れて鴨の声ほのかに白し」の句と同様、聴覚的な把握を視覚的表現へ転化させることで詩情が生まれた。季語＝千鳥（冬）

29日

夢よりも現《うつつ》の鷹ぞ頼もしき

『鵲尾冠』

「鷹ひとつ見つけてうれしいらご崎」（『笈の小文』）の句で知られる渥美半島の伊良湖崎にて、同時期に詠まれた句。伊良湖崎近くの保美村には、禁制の空米《くうまい》相場に手を出して刑を受け、蟄居中だった弟子の杜国がいた。夢の中ではなく、現実においてようやく彼に出会えた喜びが、「頼もしき」という直接的な感情表現によって伝えられている。「鷹」の本意である「いさみたつ心　大勇の心持有るべし」（『俳諧雅楽集』）がよく生かされた句。勇猛な鷹に喩えたことそれ自体に、杜国への思いの深さが感じられる。季語＝鷹（冬）

30日

梅椿早咲き褒めん保《ほ》美《び》の里

（真蹟懐紙）

あたたかいこの地で、梅や椿が早くも咲いているのを褒めようじゃないか、その名も保美というこの里だから、といった句意。前日の句に引き続き、弟子の杜国を訪ねた折の句。前書には、ある上皇が温暖な気候の土地柄を褒めたことから「保美」と名づけられたという、地名の由来が語られている。春を代表する花である梅と椿をふたつ並べたところ、そして「ホ」の頭韻がはずんだ心をあらわし、春の近づく空そのもののようなおおらかな一句になっている。土地を賞賛することによる、間接的な杜国へのエールでもあっただろう。季語＝梅・椿（春）

31日

冬の日や馬上に氷る影法師

『笈の小文』

冬の薄ら日の下、地に落ちた自らの影を馬上に眺めながら旅をしてゆく。寒さのあまり、その影法師すらも凍りついているかのようだ、という句意。「影法師」については二通りの解釈がある。すなわち、馬上の自らの姿を影法師のようだと比喩的に捉えたものとみるか、地に投影された実際の影法師のことを示しているか、である。堀切実は諸説をふまえた上で、句構造の分析などから、これを地上の〝実〟の影法師だとしている（『芭蕉の影法師』、『芭蕉の音風景』平10）。自らの影を旅の道連れとするところに、甘美な孤独感がある。季語＝冬の日（冬）

二月

1日

水仙や白き障子のとも移り

『笈日記』

水仙にはイギリスのロマン派詩人ワーズワースの美しい詩があるが、芭蕉だって負けてはいない。「とも移り」とは、同じ色に映え合っていること。この場合の同じ色とは、水仙と障子の白さをさす。障子は、張り替えたばかりのものだろう。まるでふたつの水輪が重なり合うように、しずかな交感を果たすふたつの白さ。弟子の支考が『笈日記』の前注にて「塵裏《ちんり》の閑を思ひ寄せられけん」と評しているように、水仙の静謐な美しさが、あますところなく描かれている。季語＝水仙（冬）

2日

その匂ひ桃より白し水仙花

『笈日記』

「匂」は、視覚的な色合いを指す。気高い水仙花の、汚れを知らない白さは、白桃などよりもはるかに純真なのだ、という句意。中世期に中国からもたらされた漢詩作法便覧『円機活法』に見られる水仙を詠んだ詩に、「桃先梅後」という言葉が出てくる。芭蕉はこれをふまえて、東下の途上訪れた三河国新城の弟子・白雪の年若い子息二人に、「桃先」「桃後」の俳号を与えた。句の中の「桃」は、芭蕉の当時の号である「桃青」を意識したもの。自分などの及ばない少年の清らかさを、水仙の香に託して讃えているのだ。季語＝水仙（冬）

3日

打ち寄りて花入《はないれ》探れ梅椿

『句兄弟』

松・竹・梅は中国において「厳寒の三友」として愛された。中でも、冬の名残の中で芳香を放つ梅は、匂やかな春のさきぶれとしてふさわしい。早咲きを求めて野山を尋ねる「探梅」という風習が生まれたのも肯ける。ここではそれを逆手にとって「わざわざ野山へ探しにいかなくても、ほら、ここにあるじゃないか」と花入れの中の梅と椿を指し示したユーモアが命である。歌仙を巻いた家の亭主、其角門の青池彫棠《ちょうとう》への挨拶句。

季語＝探梅（冬）

4日

鶯《うぐひす》や餅に糞《ふん》する縁《えん》の先《さき》

『葛の松原』

鶯がさかんに鳴いている、穏やかな春先の庭。ふと見れば、縁先に干してあるかき餅に糞が落としてある、さてはあの鶯のしわざだな、といった句意。雅と俗の取合せによって、伝統的な季語である「鶯」を大胆に捉え直した、画期的な一句である。新奇なだけではない。鶯の狼藉は、かき餅が縁先に干してあることの春らしさを読む者に気付かせる。「日頃工夫の所」（元禄五年二月七日付杉風宛書簡）と芭蕉が出来に満足しているのは、この句が春を告げる鶯の本意をふまえ、かつ、本意にはない新しい鶯の姿を捉えているからであろう。季語＝鶯（春）

5日

鶯や柳のうしろ藪のまへ

『続猿蓑』

柳の後ろ側へまわったり、藪の前に出てきたり。あちこちへせわしく飛び移っては、鶯が可憐な声で鳴き交わしている、という句意。芭蕉が「時鳥《ほととぎす》はいひあてる事もあるべし。うぐひすは仲々成りがたかるべし」（『篇突』）と言ったのは、和歌以来鶯がすでに多く詠み尽くされているため。この句もさして珍しい情景ではないが、「柳のうしろ藪のまへ」と調子よく詠い上げた工夫がある。前日の鶯の句のように、季語に大胆に新しみを加えるばかりではなく、よくある詠み方の中にわずかな新しみをさぐる。そんなことも試みていた、芭蕉晩年の作。季語＝鶯（春）

6日

春なれや名もなき山の薄霞

『野ざらし紀行』

前書に「奈良に出づる道のほど」とある。奈良では大和三山に代表される由緒ただしき山々を望むことができる。そして後鳥羽上皇が「ほのぼのと春こそ空にきにけらしあまのかぐ山霞たなびく」（『新古今和歌集』）と詠ったように、そこに霞がかかっているさまも春景色の典型とされてきた。ところが芭蕉はそうした名山にではなく「名もなき山」に春の訪れを見つけて感動している。そのまなざしの、なんと優しくあたたかいことか。

季語＝春（春）

7日

ばせを植ゑてまづ憎む荻《をぎ》の二葉哉

『続深川集』

前書に「李下、芭蕉を贈る」とある。可憐な荻の二葉を愛でたいと思う反面、せっかく植えた芭蕉の株の成長を妨げてしまうと思うと、苛立たしくもなってくる、という句意。「憎む」と言い放ってはいるが、荻の若芽をさしおいてまで何の役にも立たない芭蕉を愛でてしまうみずからの風狂ぶりに対する割り切れない感情がそこには含まれており、一句の魅力となっている。因みに、この句の「芭蕉」は記念すべき芭蕉。すなわち、弟子から贈られたこの株を植えたことで深川の庵は芭蕉庵と呼び習わされるようになり、やがてその主が芭蕉とみずからを称することになるからだ。季語＝荻の二葉（春）

8日

この梅に牛も初音《はつね》と鳴つべし

『江戸両吟集』

この梅の花のみごとさに感じ入って、鶯はおろか、牛までもが初音しようと鳴きだすだろう、という句意。「初音」は、春先の鶯の声に用いるのであって、〝牛の初音〟などとは、ふつう言わない。天満宮の梅のすばらしさに、境内の臥牛の像もおもむろに鳴き出すにちがいないとした奇抜な着想が、談林調の色濃いこの時期の特徴を示している。さらに「梅」には談林派の祖、西山宗因の別号「梅翁《ばいおう》」が利かせてあり、知的遊戯性に満ちた句といえる。天満宮に奉納した百韻連句の発句である。季語＝梅（春）

9日

藻にすだく白魚やとらば消えぬべき

『俳諧東日記』

〝存在の耐えられない軽さ〟と言ったらいいだろうか。藻のみどりに透けていることで、かろうじてそのかたちの見えている白魚。もし掬い取ろうとしたならば、たちまちてのひらから消えてしまうだろう、という句意。「おぼつかなき心　かよわきこころ」（『俳諧雅楽集』）という白魚の本意によく適った句である。ふまえられているのは、「白露をとらば消《け》ぬべしいざやこの露にきそひて萩のあそびせん」（『夫木《ふぼく》和歌集』）の和歌。萩の上の露のはかなさが、白魚へ受け継がれている。季語＝白魚（春）

10日

里の子よ梅折り残せ牛の鞭

『あつめ句』

里の子どもよ、牛を追い立てる鞭代わりにして、梅の枝を全て折ってしまわないでくれよ、といった句意。江戸の郊外、深川近郊の風景である。子供が梅の枝を折って、それを鞭にして牛を追い立てている。まさかそれだけで梅の枝がすべてなくなるわけではないのだが、そこは俳諧ならではの誇張。そんな誇張もすべて許されてしまうほどののどかさと平和とが、里にはあるのだ。こういう句にふれると、芭蕉の俳諧の、田園詩《パストラール》としての一面を知らされる。季語＝梅（春）

11日

香に匂へうに掘る岡の梅の花

『有磯海』

前書に「伊賀の城下にうにと言ふものあり。悪臭き香なり」とある。「うに」とは芭蕉の故郷伊賀の方言で、泥炭のこと。梅よ、おまえの清らかな香りでもって、この悪臭を消し去ってくれよ、という句意。プルースト『失われた時を求めて』の主人公は、紅茶に浸したマドレーヌの香りによって故郷の記憶を蘇らせた。芭蕉にとっては、梅の香と混ぜ合わされた「うに」のそれこそが、故郷の記憶をもっとも強く喚起するものだったのだろう。季語＝梅（春）

12日

手鼻かむ音さへ梅の盛り哉

「蕉翁句集草稿」

「伊賀の山家《やまが》にありて」と前書。満開の梅のもと、その匂やかさを楽しんでいたところ、こともあろうに誰かが手鼻をかむ音が聞えたのである。まさしく、雅と俗の衝突である。だが、その衝突は、互いを壊しあうものではない。むしろ衝撃によって雅と俗が融和され、新鮮な詩情が醸し出されていることに注意したい。梅の雅趣によって、手鼻をかむ音もどこか麗しく聞こえる。そして、手鼻をかむ音の卑俗さによって、梅は伝統的な美意識から解放され、野趣を得ているのだ。昨日紹介した「香に匂へうに掘る岡の梅の花」の句における「うに」と「梅」の関係性にも、同じことがいえる。季語＝梅（春）

13日

盃《さかづき》に泥な落としそ群《むら》燕《つばめ》

『笈日記』

「な落としそ」は、落としてくれるなの意味。この時期の空には、泥まみれになって巣作りに勤しむツバメの姿をよく見かける。茶屋の軒先で杯を傾けているところへ泥でも落とされたら大変。「泥な落としそ」と大げさに言っていることで、おどけた感じが出ている。因みに、「つばめつばめ泥が好きなる燕かな」（『桃は八重』昭17）と詠んだのは昭和の俳人、細見綾子。小さな生き物を慈しむ俳人の心は、芭蕉の時代もいまも同じだ。

季語＝燕（春）

14日

麦飯にやつるる恋か猫の妻

『猿蓑』

「田家にありて」と前書。田家とは、農家のこと。「麦飯にやつるる」と「やつるる恋」とが掛けてあることからわかるように、恋猫のやつれは、農家の粗末な食べ物が原因というだけではなく、懸命に恋に生きた結果でもある。恋猫のひたむきな姿は笑いを誘うと同時に、読む者を切ない気分にもさせる。表面的には恋猫のことを詠っているが、まさに人間にも当てはまるところが面白い。因みに今日はバレンタインデイ、恋のかけひきに悩み苦しむのも、生き物として生まれた悦びの一つではないだろうか。

季語＝猫の妻（春）

15日

明ぼのや白魚しろきこと一寸《いっすん》
『野ざらし紀行』

前文に「まだほの暗きうちに浜のかたに出でて」とある。幽玄や侘び、冷えといった美意識をもつ日本人にとって、白は赤や青という色とは本質的に異なる意味合いを持つ。山水画の余白にひとしく、いっさいの色彩を拒んだ透明感をさすのが「白」なのだ。芭蕉の白のイメージの句は全体の十四パーセントに及び、〝白の詩人〟と呼んでよいほど。この句の場合、一寸という白魚のささやかな白さは、渚の砂やなみがしら、そして朝霞や白雲と映発することで、あけぼの全体の茫洋とした感じをも伝えている。白魚は「曙の姿よし」とされる（『俳諧雅楽集』）。**季語＝白魚（春）**

16日

雪間より薄紫の芽《め》独活《うど》哉
『誹諧翁艸』

写生という俳句の方法は、近代の正岡子規によって発明されたと考えられがちであるが、芭蕉や蕪村にも写生句と呼ぶにふさわしい句はしばしば見られる。この句はその典型だろう。「薄紫」ということによって、いかにも柔らかそうな独活の若芽のありようが浮んでくる。成長してからはえぐみのある猛々しい山菜となる「独活」であるから、なおさらその芽のういういしさに目が行く。まるで宝石のように尊く美しい、春のさきぶれである。**季語＝芽独活・雪間（春）**

17日

梅が香に追ひもどさるる寒さかな

『荒小田』

「余寒」といい、あたたかくなりかけた折にとつぜん冬の寒さが戻ってくることがある。その本意は「もの、滞る心」（『俳諧雅楽集』）。この句では、寒さなど追い戻し、万物を春へと動かす、梅の花の凛とした気高さを詠んでいる。『万葉集』では梅の花の色と香りの区別ははっきりせず、どちらも「にほひ」と称されていた。平安期に入って「春の夜の闇はあやなし梅の花色こそ見えね香やは隠るる　凡河内躬恒」（『古今集』）と色と香は分けて捉えられるようになったが、梅の香をこのように動的に、力強く詠んだのは、芭蕉がはじめてだろう。季語＝梅（春）

18日

暖《のう》簾《れん》の奥ものふかし北の梅

「真蹟懐紙」

前書の「一有《いちゆう》が妻」とは、女性俳人の園女《そのじょ》のことをさす。「鼻紙の間《あひ》にしをるゝすみれかな」「おうた子に髪なぶらるゝ暑さ哉」などの、しなやかな感性で詠まれながらも俳味のこもる句を残した。暖簾の向こうの奥の間から見えた梅が、才媛園女の清らかな美しさを思わせたのである。「北」としたのは、妻という意味の「北の方」の縁。王朝絵巻の雰囲気を漂わせつつ、御簾《みす》や蔀《しとみ》ではなく、生活感ある「暖簾」を持ってきたところに、俳諧的工夫がある。季語＝梅（春）

19日

木曾の情《じやう》雪や生《は》えぬく春の草

『芭蕉庵小文庫』

近江義仲寺の草庵で、義仲の墓を題にして作られた句。このとき芭蕉は弟子たちに「都《すべ》て物の賛、名所等の句は先《まづ》その場を知るを肝要とす」（『旅寝論』）と述べたという。雪の積もる下から生え出してくる若草と不屈の武将義仲とを取合せた発想は、現場での実感があったからこそ生れたのだろう。加えて、義仲の生き様に芭蕉が強く惹かれていたこともある。芭蕉は死の床で自分の亡骸は義仲寺に葬るよう遺言し、それは弟子たちによって叶えられた。季語＝春の草（春）

20日

よく見れば薺《なづな》花咲く垣根かな

『続虚栗』

一見するところ、「よく見れば」は無駄な措辞のようでもあるが、この措辞によって薺の花のかすかで目立たないありようが確かにイメージされてくる。写生ではトリビアルな描写が重んじられる傾向にあるが、描写を放棄したような表現がかえって対象をあきらかに浮かび上がらせる場合もあるのだ。さらに、この「よく見れば」という措辞は、春に浮き立つ作者の心中まで伝えている。何気ないふうに置かれていながら、巧みな措辞。芭蕉の表現の確かさを痛感させられる一句である。季語＝薺（春）

21日

この山の悲しさ告げよ野老《ところ》掘り

『笈の小文』

「菩提山《ぼだいさん》」と前書。栄枯盛衰の歴史を持つこの山の悲しさを告げておくれと、その痕跡にて野老を掘っている里人に呼びかけた句。伊勢の菩提山神宮寺での吟。神宮寺は聖武天皇の勅願寺であり、創建当時には大伽藍があったが、鎌倉中期火災にあって以来荒れ果てていた。野老はヤマノイモ科の蔓植物で、根茎は苦味を抜いて食用にする。冬の名残の残る冷やかな山中で、侘しく食糧を探す里人こそが、転変する人の世の悲しさを語るにふさわしいのだとしたところに俳諧の新しみがある。「野老」という字面も、一句の内容に微妙に働きかけている。**季語＝野老掘る（春）**

22日

梅若菜丸《まり》子《こ》の宿《しゅく》のとろろ汁

『猿蓑』

「乙州ガ東武ノ行《かう》ニ餞《はなむけ》ス」と前書。江戸へ旅立つ弟子の乙州を送った句である。リズムがよい句なので、はじめは音で覚えていて、大変な勘違いをしていた。「丸子」のことを〝マリコさん〟という女性の名だと思っていたのだ。そのせいか、私にとって今も艶美な印象の拭えない句である。「丸子」はもちろん、とろろ汁を名物とする東海道の宿場。「工《たく》みて云へる句にあらず。ふと云ひて、宜しと後にて知りたる句」（『三冊子』）と自評している。早春の景物を並べただけのはからいのなさが、この時期の清冽な季感を伝える。**季語＝梅（春）・若菜（新年）**

23日

山里は万歳《まんざい》遅し梅の花

「真蹟懐紙」

「伊陽山中初春」と前書。家々に春を告げにくる門付けの芸を「万歳」という。まずはにぎやかな町方をめぐり、田舎は後回し。この句は、ようやくやってきた万歳を目の当たりにしている句なのか、それとも思いやっているだけなのか、二通りの解釈ができるが、前者の方が取合せの句としての味が出てくると思う。後者の場合「もう梅も咲いているのにまだ里には万歳が来ていない」という理屈が勝ってしまう。ひと足遅れて春を迎える山里のつつましさに、清雅な梅の花がよく合っている。**季語＝梅（春）**

24日

梅白し昨日や鶴を盗まれし

『野ざらし紀行』

「京に上りて三井秋風《みつゐしうふう》が鳴滝《なるたき》の山家《やまが》を訪ふ」と前文にある。北宋の文人林和靖《りんかせい》は名利を求めず、梅を妻とし鶴を子として、杭州西湖の孤山に隠棲した。そんな隠者の住まいを彷彿とさせるこの山家、梅は咲いているが鶴が見当たらないのは、きっと昨日盗まれたからですね、と亭主三井秋風の侘び住まいを賛美した句である。しかし、単に故事を巧みに用いた挨拶句というにとどまらず、それ以上の詩的感興がある。梅の白さから導き出されてくる鶴のイメージは、眼前にないにもかかわらず、異様なまでの存在感を放っている。シュールな味わいといってもいいだろう。**季語＝梅（春）**

25日

咲き乱す桃の中より初桜　『芳里袋』

夭々として咲き乱れる桃の花の中から、抽んでて初桜が咲き出している、という句意。この句に見られる「桃」と「初桜」といった季重なりを、現代俳句ではしばしば避ける傾向にある。現代俳人で季重なりの句が多い森澄雄は「自然が季重なりになっている」と語ったという（矢島渚男「『季重なり』の効用――蕪村における季題」、「俳句」昭62・3）。この句に描かれた景も、現実の自然ではよく見られること。そんな身のまわりにある当たり前のことに目を向けたところに、芭蕉の革新性があった。密集して咲く桃の花と、枝にぽつぽつと開いた初桜との差異がうまく捉えられている。**季語＝初桜・桃の花（春）**

26日

蒟《こん》蒻《にゃく》の刺身もすこし梅の花　『芭蕉庵小文庫』

前書に「去来子《きょらいし》へ遣《つかは》す」とある。去来との共通の友人を悼み、梅の一枝と蒟蒻の刺身でもって仏前への供物としようとしたものである。「蒟蒻の刺身」は、伊賀の郷土料理。蒟蒻をうすく刺身状に切り、ゆがいたあと酢味噌に付けて食べる。「すこし」の慎ましさが「梅の花」とよく合っている。清雅な「梅の花」と取り合わされたことで、蒟蒻の刺身は一抹の雅趣を宿し、友を悼むにふさわしい供物となった。当時、蒟蒻は精進料理の食材やハレの日の料理に使われた。**季語＝梅（春）**

27日

梅が香にのつと日の出る山路《やまぢ》哉　『炭俵』

夜明け前の山路をのぼっていると、ふっと匂ってきた清冽な梅の香。その香に呼応するかのように、山の尾根から朝日がのっとばかりに顔を出した、という句意。梅が香の漂ってきたことと、山路の向うから日がのぼってきたこととは、因果関係はない。それをあたかも梅の香りが日の出を誘ったかのように関係付けて、俳諧ならではの大胆な詩情を生んだ。「のつと」という口語調の思い切った擬態語の効果も大きい。『炭俵』収録の野坡との両吟歌仙では、この句を発句として、「処々《ところどころ》に雉子の啼たつ　野坡」という脇句がつき、生命感に溢れた春浅き景観が描かれる。**季語＝梅（春）**

28日

菜畠に花見がほなる雀哉　『泊船集』

前書に「吟行」とある。菜の花咲く野を飛び回る雀、その顔はまるで花見をしているかのような顔だなあ、と興じた句。ふつう花見といえば桜を賞美することであるが、それを菜の花に見替え、「雀の花見」として趣向立てたところがポイントである。こうした擬人化は凡俗に陥りがちだが、「花見がほ」と言って小さな顔に焦点を定めたことで成功している。なんとも可愛らしい童画風の句で、発想の無邪気さが、春の散策の楽しさを伝えている。こういう味わいは、漢詩や和歌ではなかなか出せない。俳諧ならではのおかしみを伴った詩情が特徴的だ。**季語＝菜の花（春）**

三月

1日

蝶の飛ぶばかり野中の日影哉

『笈日記』

芭蕉の蝶の句はこれ以前に「蝶よ蝶よ唐土《もろこし》の俳諧問はむ」（『俳諧石摺巻物』）「起きよ起きよ我が友にせん寝《ぬ》る胡蝶」（『あつめ句』）がある。どちらも荘子の「胡蝶の夢」の影響下に作られたものだ。しかしこの句は荘子のしがらみから解放され、まさに野中の胡蝶のような自在さを得ている。「日影」は古典では光という意味で用いられることが多いが、飛んでいる蝶のみがあまねき春光の中で唯一のかげりであるという解釈も成り立つだろう。蝶の本意である「戯る心」（『俳諧雅楽集』）を生かしつつ、蝶に託して孤独感を滲ませた句。季語＝蝶（春）

2日

蝶の羽《は》のいくたび越ゆる塀の屋根

『芭蕉句選拾遺』

一匹の蝶が築地塀の上をいったりきたりしている情景を捉えた句。単に「蝶々の〜」ではなく「蝶の羽の〜」という表現をとったことで、ひらひらと舞う羽根の動きが見え、「塀の屋根」という無骨なものとの質感の対比が生きてくる。「蝶の羽の越えてゆきけり塀の屋根」などとして一瞬のイメージで固めてしまうのではなく、「いくたび越ゆる」として時間の経過を感じさせていることも、蝶の羽根のやわらかさを言いとめるのに効果的だ。前日の句と同じく蝶の本意「戯る心」（『俳諧雅楽集』）を生かした句。季語＝蝶（春）

3日

草の戸も住み替る代ぞ雛の家

『おくのほそ道』

「雛の家」は眼前にあるものなのか、それとも、いずれそうなるだろうという想像の上にあるのか。従来、解釈は二つに分かれてきた。「雛」を近代的な季語感で受け取れば眼前ということになるが、むしろ雛のゆかしさは、目の前にないとすることでより強く感じられてくる。また、無常の理をテーマの一つとした『おくのほそ道』の旅立ちの条に置かれていることにかんがみれば、「雛の家」は観念的な存在とみるべきだろう。すなわちそれは、流転する世の象徴なのである。**季語＝雛（春）**

4日

枯芝ややややかげろふの一二寸

『笈の小文』

枯芝の残る野の上にも、春はやって来ているのだろう。その証拠に、あるかなきかの陽炎が立ち昇っている、という句意。「糸遊（陽炎）」の本意は「陽気の空まで満ちたる也」（『俳諧雅楽集』）であるが、この句は「一二寸」というかすかな陽炎を描出したところがユニーク。春の徴候がいきいきと捉えられている。芭蕉は前日紹介した「草の戸も住み替る代ぞ雛の家」に代表されるような、流転の人生を詠んだ句で知られるが、季節の移り変わりに敏感な心があったからこそ、人生の儚さについても深く思索をめぐらせられたのだろう。**季語＝陽炎（春）**

5日

衰《おとろ》ひや歯に喰ひ当てし海苔の砂

『己が光』

海苔に混じった砂粒が歯に当たる感覚を通じて、肉体の老いを表現した。俳諧の表現は言葉の知的な処理によるものと思われがちだが、感覚や感情の働きに左右されない知性などはありえない。感覚を駆使して季節や肉体の変化を感じ取ることが、俳諧そして詩の出発点となる。この句の感覚の働きに注目した俳文学者の永田英理は、全身の感覚器官が複雑に関わり合いそれらが総合的に知覚する〝体性感覚〟をそこに指摘した（「詩人芭蕉　感性の覚醒――発句表現における「触覚」の働き――」、『蕉風俳論の付合文芸史的研究』所収）。**季語＝海苔（春）**

6日

山路来て何やらゆかし菫《すみれ》草《ぐさ》

『野ざらし紀行』

「大津に出づる道、山路を越えて」と前文にある。菫は伝統的に野の花として詠まれてきた。山の菫を描いたこの句がそうした本意から外れていることを指摘し、「芭蕉に歌学なし」と批判したのは、季吟の息子であり『続山井』の編者であった北村湖春。しかし、芭蕉がこの句において言い当てたものは、すべてのさかしらを取り払った後に立ち上がってくるいのちの清純なたたずまいに他ならない。固定概念化された本意にではなく、その場で得た実感に素直であろうとする姿勢は、「何やら」という述懐によくあらわされている。**季語＝菫（春）**

7日

辛《から》崎《さき》の松は花より朧にて

『野ざらし紀行』

前書に「湖水の眺望」とある。「辛崎の松」は歌枕で知られる辛崎の一つ松のこと。霞がかった湖面、そのほとりに立つゆかしき松は、背後に見える山桜と同じように、いや、それにも増して朧である、という句意。「かな」といった切字を用いず「にて」で止めた独特の文体は当時俳人たちの間で話題になった。切字によってきっぱり言い切ったときにくらべて、「にて」であとへ続いてゆくように締めた余情はやわらかく、まさに朧の風情を一句の上に漂わせる。季語＝朧・花（春）

8日

躑《つつ》躅《じ》生けてその陰に干《ひ》鱈《だら》割《さ》く女

『泊船集』

「昼の休《やすら》ひとて旅店に腰を懸けて」と前書する。山から採ってきた躑躅を無造作に生けて、旅店の女が客に供する干鱈をむしっている、という句意。「その陰に」という表現に、女のしたたかさを含んだ寡黙さが示されている。また、定型におさまらない言葉の流れも「女」の無骨な性格をいいとめている。六条院の紫上の春の御殿にも躑躅は植えられていたが（『源氏物語』）、ここに描かれた女の春はもっと泥臭く野卑だ。そこに、命のみなぎっていくこの季節の真実の一端がある。季語＝躑躅（春）

9日

独り尼《あま》藁《わら》屋《や》すげなし白躑《つつ》躅《じ》

「真蹟懐紙」

ひとり住まいの尼の庵を訪ねたところ、そのよそよそしい態度に閉口させられたのである。昨日の句と同じように、躑躅と女性とを取り合わせた句。そしてこちらの「尼」もまた、口数の少なく気丈な女性なのだろう。意味の上ではすげないのは「尼」であるのだが、「藁屋すげなし」ということで、尼が侘しい暮らしを送っていて、藁屋も傾きかけているのだろうと想像される。他人を容易に近づけない尼の暮らしぶりと「白躑躅」とは、冷たく質素な印象で通い合う。**季語＝白躑躅（春）**

10日

紅梅や見ぬ恋つくる玉《たま》簾《すだれ》

「桐葉宛真蹟書簡」

人を恋ごころに誘うのが和歌における梅の香であった。したがって、この句にみられる恋のこころと紅梅の香の取合せは珍しいものではないが、「見ぬ恋つくる玉簾」という表現の巧さが一句を平凡から救っている。能の〝小町もの〟の一つ『鸚鵡小町』の一節「雲の上はありし昔に変らねど見し玉垂の内ぞ床《ゆか》しき」をふまえ、王朝貴人風の御簾越しの恋を見事に虚構した。取合せ自体は平凡でも、表現によって句が新しくなるという好例である。**季語＝紅梅（春）**

11日

青《あを》柳《やぎ》の泥にしだるる塩《しほ》干《ひ》かな

『炭俵』

年中最大の干潮が起こるという旧暦の三月三日、桃の節供に作られた句である。いつもは水に浸っている柳の枝が、今日は干上がった泥にしだれている、という句意。弟子・許六が「是、正風躰たるべし」（『俳諧問答』）とこの句を評しているのは、青柳と塩干との一回性の出会いが、一つの美として普遍化されているからにほかならない。柳は水の上にしだれているものである、という常識を打ち破ったところに、この句の手柄はある。清新な取合せの句というべきだろう。季語＝塩干・柳（春）

12日

腫物に触る柳の撓《しなへ》哉

『宇陀法師』

芭蕉の弟子たちの間で、この柳は実際に人の顔の腫物に触っているとするべきか、それとも比喩として「まるで腫物にそっと触っているかのように撓っている」ととるべきか議論されている（『去来抄』）。しかし、どちらと断定することは句の微妙な味わいをだいなしにしてしまいかねない。実際的な状況をあえて設定しなくても、比喩のこころを活かしつつ、青柳の軽やかさや柔らかさを表現したものと受け取ればよいだろう。季語＝柳（春）

13日

水取りや氷の僧の沓《くつ》の音

『野ざらし紀行』

水取りは現在でも三月前半の約半月間に渡って行われている。特に選ばれて精進潔斎した練行衆と呼ばれる僧侶によって執り行われ、二月堂下の閼伽井屋から本尊に供える香《こう》水《ずい》を汲み上げる行法だ。「氷の僧」は、あたりの寒気の張りを感じさせる巧みな措辞である。水取りを音によって把握しようとするとき、多くの者は印象的な声明《しょうみょう》を詠もうとするだろう。しかし芭蕉は堂を駆け巡る僧たちの「沓の音」に注目し、清新な詩情を生み出した。物珍しさだけの句ではない。季語＝水取り（春）

14日

船足も休む時あり浜の桃

『船庫集』

「鳴海潟眺望」という前書があり、現在の名古屋市緑区鳴海町の西方あたりで詠まれた句とわかる。「春日遅遅」という言葉があるが、春はゆったりと時間が過ぎてゆくように感じる。万物が力を蓄えているかのような静かさと穏やかさだ。沖の船と浜に咲く桃の花という、遠近の構図がモダンな印象を与える。海の青さと桃の花の淡紅色とのコントラストも鮮やかだ。「桃の花」の本意について『俳諧雅楽集』は「田舎体よろし」と述べており、この句の情景はその本意によく適っているといえる。季語＝桃の花（春）

15日

顔に似ぬ発句も出でよ初桜

『続猿蓑』

芭蕉晩年の作で、「顔」とは老醜を露わにさせるそれである。潑剌とした初桜を見ていると、老いた自分にもみずみずしい発句が生れてきそうだ、というのだ。老いを詠むと発想がマイナスに傾きがちだが、この句はあくまで前向きで快い。俳文学者乾裕幸の『芭蕉歳時記』によれば、芭蕉の花の句は傍題となるものも含めて全六十六句。桜の句は二十句で、あわせて八十六句になる。全句に占める割合としては、この季語が一番多い。そんな桜への強い思いがあるからこその述懐だろう。季語＝初桜（春）

16日

吉野にて桜見せうぞ檜木笠

『笈の小文』

罪を犯し蟄居中であった弟子の杜国を励ますため、桜の名所である吉野へともに旅立つ際に詠まれた句である。前書にある「乾坤無住同行二人」とは巡礼が笠に書き付ける常套文句で、「二人」とは本来自分と仏のことをさすが、この場合は杜国と自分の「二人」であるという意味もこめられている。「吉野にて桜見せうぞ」は杜国に向けられたメッセージであるが、あたかも「檜木笠」に呼びかけているようなところにおかしみがある。愛弟子への優しさにあふれた一句だ。季語＝桜（春）

17日

傘《からかさ》に押し分けみたる柳かな

『炭俵』

芽吹いたばかりの青柳。川辺の微風になびくさまもよいが、雨の降る日は水分をたっぷり含んで垂れ下がり、また別種の美しさだ。ついつい傘をさしいれて、その感触を確かめてみたというこの句の気持もわかる。「押し分けみたる」という表現によって、雨粒を宿した柳の枝の意外な重さが発見されている。見ることによってではなく、手ごたえによって柳の存在感を受け止めようとしているのだ。それがかえって、濡れた柳の視覚的な像までも浮かび上がらせている。季語＝柳（春）

18日

永き日も囀り足らぬひばり哉

『あつめ句』

この句を読んで思い出すのは、上田敏が訳したブラウニングの著名な詩「春の朝《あした》」だ。「時は春、／日は朝、朝は七時、片岡に露みちて、揚雲雀なのりいで、／蝸牛枝に這ひ、神、そらに知ろしめす。／なべて世は事も無し」。この詩に描かれた奔放な命の躍動は、当時の芭蕉の考え方に顕著にあらわれてくる〝自得〟とも通い合う。「永き日」という季語によって、時間の奥行きが出てくると同時に、視界もおおきくひらけ、春光の中でひたむきに鳴き続けるひばりの声を印象付ける。季語＝雲雀（春）

19日

春の夜や籠《こも》り人《ど》ゆかし堂の隅

『笈の小文』

京都初瀬山の長谷《はせ》寺で詠まれた。長谷寺の籠り人といって思い出されるのは、たとえば『源氏物語』の玉蔓《たまかづら》。行方不明の母・夕顔に会いたい一念で長谷寺参りをしたところ、当地で夕顔のかつての侍女・右近と再会を果たした。悲運ながらも、けなげでひたむきな姫である。また、西行の妻が、若くして別れた夫との再会を遂げたのも長谷寺であった。そうした古《いにしえ》の女たちのゆかしき幻影が、「春の夜」の情緒の中に艶を帯びて浮かび上がる。**季語＝春の夜（春）**

20日

古池や蛙飛び込む水の音

『蛙合』

近代的リアリズムによる俳句とは異なり、この句は視覚というよりも聴覚に重きを置いている。一切動くもののない静かな「古池」の上に突如「水の音」が生れたその驚き、それがまさに春という季節を知った感動への鍵となる。飛びこんでいく蛙の姿、「水の音」、そのあとに続く静寂――たった十七音の中にドラマティックな感覚の饗宴が展開されるこの一句は、俳句という詩型の典型を示している。これほど多くの人に知られている理由は、そこにあるのではないか。**季語＝蛙（春）**

21日

原《はら》中《なか》やものにもつかず啼《な》く雲雀

『あつめ句』

生き物はみな持って生まれた天分に満足しているという『荘子』の自然観に影響されたもので、現代俳人の正木ゆう子の「揚雲雀空のまん中ここよここよ」(『静かな水』平14)という句も思い出される。正木の朗らかな句とくらべてこの句に決然とした力強さを感じるのは、「原中や」という切字を用いた出だしと、それに呼応した「ものにもつかず」の否定形の語調による。一句の力強さはそのまま、俗の世界の何物にも影響されない雲雀の気高さをあらわしている。**季語＝雲雀**(春)

22日

花にうき世わが酒白く飯黒し

『虚栗』

白楽天の詩の一節「憂ヘテハ方《まさ》ニ酒ノ聖《ひじり》ヲ知リ、貧シテハ始メテ銭ノ神ヲ覚ル」を前書に引く。「うき世」には、「浮き世」という意味と同時に「憂き世」の意味も隠されている。花に浮かれ騒ぐ人々をよそに、白い濁り酒を飲み玄米の黒い飯を食べている、そんな侘び暮らしのみずからへの自嘲と、俗人にまみれない詩人としての矜持を詠ったものだ。たとえばオー・ヘンリーの短編に出てくるような、貧しいながらもユーモアや誇りを忘れない芸術家たちを思い出させる句である。**季語＝花**(春)

23日

花に遊ぶ虻《あぶ》な喰ひそ友雀

『続の原』

「友雀」は群れている雀をいうが、ここでは虻の「友」であるという意味も掛けられている。前書には「物皆自得」とあるが、これは、命のすべては同根であるという『荘子』の哲学に基づく自然観で、この前書は直接的には北宋時代の儒学者程明道《ていめいどう》の漢詩文「万物静観スレバ皆自得」に拠ったものである。とはいえ、一句に思想的な臭みはあまり感じられず、ア音の多用によるリズムのよさと、「な喰ひそ」という朗々たる古典調によって、小動物たちの営みがいきいきと描き出されている。季語＝花（春）

24日

桜狩り奇《き》特《どく》や日々に五里六里

『笈の小文』

「桜狩り」とは、山野の桜を訪ねて歩き鑑賞することをいう。「奇特」は殊勝であるとか感心させられるといった誉め言葉であるが、ここでは自己への諷刺の意味をこめて用いられている。「五里六里」はもちろん誇張であるが、江戸の人々の花見への執心に並々ならぬものがあったことは確かで、たとえば狂歌師で随筆家の大田南畝は、自身の記録によれば日々五～六キロの行程の花見をおこない、ある日には、住まいがあった仲御徒町から品川の御殿山まで二十八キロにおよぶ花見も敢行したという。季語＝桜狩り（春）

25日

観音のいらか見やりつ花の雲

『末若葉』

「観音」は、深川の芭蕉庵からはるかに見える浅草観音のことをさす。また「花の雲」とは、咲き連なる桜が遠くから雲のように見えることをいう。和歌においては「遠望山花」の伝統があり、たとえば素性法師によって「山たかみ雲ゐに見ゆる桜花心の行きてをらぬ日ぞなき」（『古今集』）と詠まれているように、花は遠くから眺めみて心を浮き立たせるものであった。俳諧においても「はるかなる心」（『俳諧雅楽集』）が「花の雲」の本意。芭蕉もこの伝統に従いつつ、たゆたうような花の雲と黒々と蟠《わだかま》る観音堂の屋根との照応に、鮮烈な詩情を見出した。季語＝花の雲（春）

26日

花の雲鐘は上野か浅草か

『続虚栗』

「花の雲」は視覚によって、「鐘は上野か浅草か」は聴覚によって捉えた表現である。「花の雲」の視覚的印象が、どこからか響いてくる鐘の音の聴覚的印象へと転化されているわけだ。この句の詩情が感覚の交響によることは間違いない。花の雲と鐘の音とは、曖昧模糊とした定めがたさによって絶妙に響き合い、一句は春のおだやかな雰囲気に包まれている。桜の名所である地名を二つも出してきた華やかさも、雰囲気を高めるのに貢献している。前日の「観音のいらか見やりつ花の雲」と同様、花の雲の本意「はるかなる心」（『俳諧雅楽集』）が生かされた句。季語＝花の雲（春）

27日

鸛《こふ》の巣も見らるる花の葉越し哉

『続虚栗』

「花の葉越し」というからには、花と葉がいっしょに出ているのであって、ここに詠まれている桜は、現代よく見られるソメイヨシノではなく、山桜であることがわかる（ソメイヨシノが普及したのは明治時代以降）。そして花の向こうに見えているのは「鸛の巣」、「鸛」とはこうのとりである。鶴とよく似ているが、鶴とは違って巣を樹上に営むのが特徴だ。巣の上のこうのとりの白いつばさと、ソメイヨシノよりやや赤みを帯びた山桜の花、そして若葉のみずみずしいみどり、それらの色彩感覚が渾然一体となって、花見を詠った詩歌にこれまでなかった彩り豊かな景を展開させる。

季語＝花（春）

28日

春雨や蜂の巣つたふ屋根の漏り

『炭俵』

延々と降り続く春雨は、屋根の端からしずかに流れ出し、そこにさがった蜂の巣を伝って、ぽとりぽとりと地に滴り落ちる。去年の夏作られたものが、軒下にそのまま残っているのだろう。今は何を宿すことなく、ただ、さびしさを晒しているばかり。まるみを帯びた蜂の巣を伝う水の筋は、馥郁とした春の季節感を象徴しているかのようだ。しばしば写生的な一句と評されるが、近代のいわゆる客観写生の句と同一視することはできない。うつろな蜂の巣に注がれるまなざしは、作者芭蕉の寂寥感を反映したものなのだ。

季語＝春雨（春）

29日

命二つの中に生きたる桜哉

『野ざらし紀行』

「水口《みなくち》にて二十年を経て故人に逢ふ」との前書。「故人」とは芭蕉と同郷の旧友・服部土《ど》芳《ほう》のことである。『野ざらし紀行』の旅で故郷を訪れた芭蕉と入れ違いになり、憧れの先達と会えなかった土芳は、すぐさまその後を追いかけ、大津に近い水口の地にて遂に芭蕉と巡り合うことが叶った。芭蕉はそのときの感慨をこの句に詠んだ。ふたりの再会をよろこぶかのように咲き誇る桜は、はかなさの象徴であることを前提に、生きていることのめでたさを称揚する。季語＝桜（春）

30日

なほ見たし花に明け行く神の顔

『笈の小文』

「葛城山」との前書がつく。葛城山の主神・一言主神《ひとことぬしのかみ》は、伝説に醜いといわれる神である。だが、花万朶の中にあけぼのを迎える山容を見ていると、さらなる光の中での姿を見てみたいとすら思わせる、といった句意。それはひとえに、山容を彩る桜の花のたまものであり、一句の主題は、常識すら覆してしまうほどの花の美しさにこそある。それまでの人々がないがしろにしてきた美を新しく見出そうとするひたむきな希求心が、確かに秘められている。季語＝花（春）

31日

似合しや豆の粉飯に桜狩り

『蕉翁全伝』

小林一茶のパトロンとして知られ、裕福な札差であった夏目成美に「重箱に鯛おしまげて花見かな」（『成美家集』）というゴージャスな句があるが、それとは対照的に質素な花見である。だからといって、ただ侘しさを歎いているのではない。「豆の粉」の黄色と桜のほのかな紅とはよく映える上に、豆の粉飯のつつましさとはかない桜の花びらのありようとは、確かに「似合し」と納得させるものがある。この句にかぎらず、俳諧の醍醐味の一つは、思いがけないもの同士のあいだに「似合し」といった感慨を見つけることにあるのだ。**季語＝桜狩り（春）**

四月

1日

四方より花吹き入れて鳰《にほ》の波

『白馬集』

膳所在住の門人浜田洒堂の邸宅、洒落堂から望んだ琵琶湖の景観である。桜を詠んだ句の中でもっとも豪奢で美しい句といっても言い過ぎではない。「鳰」は「鳰の海」を意味する雅語である。桜の花が、どこか人智を超えた存在からの賜物であるかのように見えるのは、すべての花の中で桜ほどに〝待たれる〟花はないためだろう。この句の桜は、まさに恩寵。水上には花の咲かないことを哀れむかのように、湖岸に満ち満ちた花々がいっせいに花びらを吹き込んでくる。季語＝花（春）

2日

蝙蝠《かうもり》も出でよ浮世の華に鳥

『西華集』

花の蜜を吸いに鳥たちがきている、ならば蝙蝠よ、おまえもねぐらから出てきてこの浮世に舞うがいい、と興じた。あでやかな花の色と、蝙蝠の漆黒との取合せは、妖しくも美しい。『西華集』の付記によると、「蝙蝠」はある脱俗の僧の寓意となっているようだが、そうした挨拶の意を汲まなくても面白い。「花鳥諷詠」という言葉があるように、古くから詩題や画題としてさかんに芸術の対象となってきた「花」と「鳥」の組み合わせに、「蝙蝠」という新参を加えた点がみどころである。季語＝花（春）

3日

蝶《てふ》鳥《とり》の浮つき立つや花の雲

『やどりの松』

昨日の句と同時期に作られ、趣旨も似通うものがある。桜が雲をなすかのように咲き誇るころ、蝶や鳥も春を謳歌して浮かれ立っている、という句意。なんといっても巧みなのは「浮つき立つや」の措辞だ。これによって蝶や鳥のふわつくような動きが描出され、「花の雲」との印象的な配合が果たされている。「蝶鳥」には、生けるものの代表として、作者みずからの浮かれぶりも仮託されているか。桜の花に彩られた夢見心地の世界に、読者を遊ばせてくれる一句。季語＝花の雲（春）

4日

年《とし》々《どし》や桜を肥《こ》やす花の塵

『蕉翁全伝』

ことわざの「花は根に帰る」を心に置いた作。青年の残酷な想像を描いた梶井基次郎の短編「櫻の樹の下には」を思い出させる句だ。そこでは、木の下に埋まった屍体を搦め捕った桜の根は、「貪婪な蛸のように、それを抱きかかえ、いそぎんちゃくの食糸のような毛根を聚《あつ》めて、その液体を吸っている。」とまるでモンスターのように不気味に描写されている。この句における「肥やす」の一語もまた、桜は散りやすくはかない花とされた伝統へのアンチテーゼではないだろうか。季語＝花（春）

5日

しばらくは花の上なる月夜かな

『初蟬』

イギリスに俳句を紹介したことで知られる英文学者R・H・ブライスは「俳句的瞬間」を強調したが、思い違いしてはいけないのは、俳句的瞬間とはスナップショットのようなものではなく、あくまで時間の流れを背後に感じさせるような一瞬のことなのである。その点、この句は「しばらくは」で時間の流れを暗示させつつ、桜の上の月光の刹那の景を捉えている点で、まさに「俳句的瞬間」の好例といえる。刹那的であるからこそ、いま眼前にしている景の美しさが、この世ならぬものとして立ち上がってくるのである。

季語＝花（春）

6日

紙衣《かみぎぬ》の濡るとも折らん雨の花

『笈日記』

「紙衣」とは「紙子」のことで、和紙を渋柿で加工して仕立てた着物のこと。軽い上に丈夫で暖かいために旅人たちにも重宝された。もっとも、紙を糊で継いであるため雨には弱く、この句の「濡るとも折らん」の面白さはそこに起因している。たとえ紙子が濡れようとも雨に出て、桜を枝折りとろうとする、そんな滑稽なまでにひたむきに風雅を求めようとする姿勢によって、常識から逸脱した風狂の徒の姿を描き出した。濡れてしっとりした紙子と花との質感の通い合いに、優しい詩情がある。

季語＝花（春）

7日

何《なに》の木の花とは知らず匂ひ哉

『笈の小文』

「伊勢山田」との前書があるように、伊勢の外宮参拝の際に詠まれた句である（僧衣を着た芭蕉は、内宮に入ることは許されなかった）。同じく伊勢で詠まれた西行の和歌「何事のおはしますかは知らねども忝《かたじけな》さに涙こぼるる」をふまえ、神域の言い知れないほどのありがたさを褒め称えた。どの木の花であるか限定しないことも、その言い知れなさを裏付けているだろう。梅とくらべてかすかな桜の香だからこそ、神の威徳の尊さが感じられるのである。季語＝花（春）

8日

涅《ね》槃《はん》会《ゑ》や皺《しわ》手《で》合《あは》する数珠の音

『続猿蓑』

今日は涅槃会。釈迦の入滅した日であり、旧暦では二月十五日にあたる。もろもろの寺では涅槃像を掲げ、遺教《ゆいきょうぎょう》経を唱えてはその遺徳を偲ぶ。句意は、信心深い老人が、しわくちゃの手でひたむきに数珠を擦り合わせている、というもの。こうした情景は、現代の涅槃会でもしばしばみられるものだろう。鐘の音や、読経の声ではなく、「数珠の音」を出してきたところに芭蕉の独創がある。この、ディテールへの着目によって、かえって「涅槃会」というひろがりのある季語が生きた。季語＝涅槃会（春）

9日

さまざまの事思ひ出す桜かな

「真蹟懐紙一」

若きころ奉公していた藤堂家の庭にて、往時を偲んだ句。平成十七年、新宿御苑で催された総理主催の「桜を見る会」において、時の首相小泉純一郎はこの句を引いて挨拶したという。この句がいかに広く知られているかを示すエピソードといえるだろう。桜の花びらの一枚一枚は、そのうすさにおいてさながら遠い記憶のようである。そうした繊細な詩情に支えられながら、懐旧という誰にでも共感できる情を詠いこんでいるところに、時を超え愛唱される名句たる所以がありそうだ。季語＝桜（春）

10日

奈良七重七堂伽藍八重ざくら

『泊船集』

奈良は七代の都として栄え、七堂を備えた寺も多い。さらには古歌にも名高い八重桜も見ごろで、まことにめでたい、という句意。「七堂」とは七種の堂宇のことで、七堂を完備してこその寺とされる。奈良の土地と歴史への挨拶の一句であり、数字を重ねて、『古事記』や『日本書紀』にも用例の多い「八」の字で終わるところは心憎い。避けるべきとされる「三段切れ」の句であるが、この場合は名詞・数詞の密集が、堂々たる古刹を連想させて効果的だ。ゴシック建築のような堅牢な字面が読む者に迫ってくる。季語＝八重桜（春）

11日

種《たね》芋《いも》や花の盛りに売り歩く

『己が光』

郷里伊賀で弟子や仲間達と歌仙を巻いたときの発句。「午の年伊賀の山中　春興」と前書されている。「種芋」とは、里芋の種芋のこと。仲秋の名月のときに入り用となる里芋が、花盛りの頃に種芋として売りに出されている、という句意。「花」と「月」とを対比させた機智的面白みに富んでいる。他愛もない句であるようにみえるが、桜の花びらが軽やかに舞い散る下で泥まみれの種芋が売られている情景の発見は、雅俗の単純な対比を超えた、鋭い感覚の働きがあってこそのものといえる。季語＝種芋・花盛り（春）

12日

一里はみな花《はな》守《もり》の子孫かや

「真蹟懐紙」

王朝の昔、奈良興福寺の八重桜を召し上げようとした帝の后に対し、僧徒たちは反抗。その風流心に打たれた后は、伊賀の国伊予の庄を寺領として寄進し、「花垣の庄」と名づけ、花盛りの頃には宿直人《とのいびと》を置いて桜を守らせたという。そんな昔に思いを馳せ、由緒ある村の人々を褒め称えた句。のみならず、村に咲き誇っているいちめんの桜をもイメージさせるところに、この句の妙味はある。断定ではなく「かや」とやわらかい疑問調を取ったことで、村のゆったりとした雰囲気までも伝えている。季語＝花守（春）

13日

うらやまし浮世の北の山桜

『北の山』

金沢卯辰《うたつ》山法住坊の傍に隠棲する門人句空《くくう》に贈った挨拶句。「浮世の北」で朔北の句空の住まいを暗示し、そこに咲く鄙ぶりの山桜を「うらやまし」と率直な表現で称えた。同時に、ウ音の頭韻と、助詞「の」によって単語をつないだ軽妙なリズムが、世外の花へ誘われるこころの昂揚をよく伝えている。一句の上に、相手を意識した挨拶の心を持たせることと、作者みずからの主観や美意識をこめることとは、けっして相反しないことを、この句は教えてくれる。**季語＝山桜（春）**

14日

散る花や鳥もおどろく琴の塵

「真蹟画賛」

狩野探雪の描いた琴の絵を讃した句。鳥が出てくるのは、『源氏物語』若紫の巻にある「これ（高柳注・琴）ただ御手ひとつあそばして、山の鳥もおどろかし侍らむ」の一節に由来。妙なる音楽は梁の塵を動かすと中国の故事にいうが、この探雪の琴の音に、花は散り鳥は驚くだろうと興じたのである。散る花は、詩歌史の伝統においては惜しまれるものであったが、この句はむしろ散華をよろこんでいる。画賛の句ではあるが、芭蕉が果敢に季題の本意に挑戦していたことがうかがえよう。**季語＝花散る（春）**

4月

15日

春の夜は桜に明けてしまひけり

『韻塞』

仮に、「春の夜の桜に明けてしまひけり」であったとしたら、もっとしめやかな曙となる。格助詞「は」を用いて「春の夜」が強調されているからこそ、春らしいおおらかな曙が描けているのだ。言葉づかいもわかりやすく、句意明瞭でありながら、この句の味わいがどれほど絶妙な助詞の使い方で成り立っているのかがわかる。しかも、最後を締める「しまひけり」でかすかな寂寥感も滲ませ、一句の湛える抒情は深い。季語＝春の夜・桜（春）

16日

花盛り山は日ごろの朝ぼらけ

『芭蕉庵小文庫』

「芳野」（吉野）と前書。吉野はよく知られた桜の名所。しかも、ここに描かれているのは、花盛りの朝焼け。凡手であれば、その筆舌に尽くしがたい美しさを言いとめようとして、一句を美辞麗句でもって飾り立てようとするだろう。しかし、芭蕉はそれとは逆の方法をとった。感動を抑え、「山は日ごろの朝ぼらけ」とさりげなく言い放ったことで、かえって異様なまでに美しい花盛りの吉野山を表現したのである。季語＝花盛り（春）

17日

木《こ》のもとに汁も膾《なます》も桜かな

『ひさご』

「汁」は熱い汁物、「膾」は冷えた菜のことで、「汁も膾も」何もかも桜の花びらに彩られた花見の景が詠われている。『三冊子』に「此の句の時、師のいはく、花見の句のかかりを少し心得て、軽みをしたり」とある。芭蕉の軽みにもさまざまな側面があるが、この句の場合「かかり」（謡曲の用語で、音調のこと）にポイントがあるといえる。口にのぼらせて味わいたい。「派手風流にうき世めきたる心　花麗全盛と見るべし」（『俳諧雅楽集』）と述べられている桜の本意が、よく生かされている句である。季語＝桜（春）

18日

声よくば謡《うた》はうものを桜散る

『砂燕』

「謡はう」とあるのは、能楽の謡のこと。桜が散りしきるこんなときには、もし声がよかったら一曲謡ってみたいのだがなあ、という句意。「声よくば」というのは、美声ではないとわかっているけれどそうであることを望んでしまうという、反実仮想の表現。そうした表現を取ることで夢想された謡の美声が、桜が散るという自然現象を幻想的なものに思わせる。自分は謡などできない無風流者であると自嘲しながら、かえって一句は能の幽玄的な境地に近いところにある、といえはしないか。季語＝桜散る（春）

19日

春雨や蓬《よもぎ》をのばす艸《くさ》の道

『艸の道』

「をやみなく、いつまでも降り続く」と『三冊子』に説かれているところの「春雨」。その恵みを受けて、いよいよ道端の若草も長けてきたが、中でも「蓬」の生長は早く、はやぼうぼうと生い茂るにいたっている。たけだけしい「蓬」の伸びぶりに、作者芭蕉はどこか圧倒されるような気持を味わっているのかもしれない。「春雨」の本意である「ものを生長する心」(『俳諧雅楽集』)を生かしつつ、よく観察を利かせた句である。春のなんとはない憂いや倦怠感も匂わせている。**季語＝春雨・蓬（春）**

20日

父母のしきりに恋し雉子《きじ》の声

『あら野』

「焼け野の雉子《きぎす》」という諺がある。子育てしている巣を野火によって焼かれたとき、雉子は子を思うばかりに煙の中へ舞い戻り、焼け死んでしまうことがあるという（『発心集』巻五）。このように、雉子は子を切に思う鳥として古典文学では扱われてきた。そうした雉子の親子愛を、子の立場から読み替えたところに、発想の新しみがある。俳諧師となり、じゅうぶんな孝行もできなかった芭蕉自身の、亡くした父母への思いもこめられているのかもしれない。**季語＝雉子（春）**

21日

八《はっ》九《く》間《けん》空で雨降る柳かな　『続猿蓑』

一間は約1・8メートル。この句の「八九間」とは柳の大樹の堂々たる様を言いとめるための誇張であろう。雨のあとには、まるでその高さから雨を降らすかのように雫が滴っているというのだ。そこは、〝小さな雨空〟とでも呼ぶべき、切り取られた空間となっている。「八九間」には、陶淵明の代表的な詩、「帰田園居（田園の居に帰る）」に出てくる詩句「草屋八九間、楡柳《ゆりゅう》後簷《こうえん》を蔭《おほ》ふ」が意識されている。新鮮な見立てと、陶淵明の詩を匂わせることによって、雨と柳の類型的取合せに新境地を拓いた。**季語＝柳（春）**

22日

草臥《くたび》れて宿借《か》るころや藤の花　『笈の小文』

こういう句に触れると、芭蕉はやはり取合せの名手だった、と感服する。旅に疲れて火照った体と、夕闇の中に物憂げに垂れ下がる藤の花――二つのイメージが溶け合い、春の駘蕩とした季節感に加え、心の綾まで感じさせている。俳諧における藤の本意は「覚束なき心　鬱陶しき心」（『俳諧雅楽集』）。まさにこの句の湛えている情緒そのものであるといえよう。藤は王朝和歌においてよく松と取り合わされ雅趣の典型を作り出したが、この句のように愁いの心情が託されることはなかった。**季語＝藤の花（春）**

23日

山吹や宇治の焙炉《ほいろ》の匂ふ時

『猿蓑』

前日の「草臥れて宿借るころや藤の花」に引き続き、これも絶妙な取合せの句である。「焙炉」とは碾茶や手揉み茶の製造に使われるもので、蒸して陰干しさせた茶の葉を炭火で乾燥させる乾燥器のこと。山吹を描いた画賛として添えられた句である。山吹も茶もともに宇治が名所であることを根拠に取り合わされたのであろうが、山吹の花の鮮やかな黄金色と、芳しい新茶の匂いとは、感覚的にも絶妙な響き合いをなす。たとえばこの句、匂いの強い花を取り合わせたとしたら、その妙味は殺されてしまう。季語＝山吹（春）

24日

ほろほろと山吹散るか滝の音

『笈の小文』

前書の「西河《にじかう》」とは、吉野川の上流にある吉野大滝のこと。その川のほとりに山吹が咲いている、という情景だ。滝の音のすさまじさに山吹が散るという解釈もあるが、それでは散文的な理屈を詠んだだけのつまらない句になってしまう。山吹が散るのは、あくまで滝の音との詩的な感応によるものと見るべきだろう。これも、一種の取合せの句といっていい。また、「散るか」といい、散っているのかいないのか、微妙な言い回しにしたことも、山吹の小さく軽い花びらを連想させて効果的だ。季語＝山吹（春）

25日

陽炎や柴胡《さいこ》の糸の薄曇り

『猿蓑』

柴胡は、和名では翁草という。花が終ったあと、無数の雌蕊が白い髭のように伸びてきて、毬のようなかたちをつくることから、その名がついた。この句では、陽炎の燃え立つ野の中で、銀色の毬が薄く曇っているかのように見えたという。『蕉翁全伝附録』によれば、自画賛の句だったようだが、風景詠としてみても味わい深い。「陽炎」から「柴胡の糸の薄曇り」という小さな対象へ視点を狭めてゆくことで、一句の景は奥行きとひろがりを持って読者の前に迫ってくる。季語＝陽炎・柴胡（春）

26日

雲雀より空にやすらふ峠哉

『笈の小文』

「うらうらに照れる春日に雲雀あがりこころかなしも独りしおもへば」（『万葉集』）と詠んだ家持は、雲雀を見上げて「こころかなしも」と嘆じているわけだが、芭蕉は逆に、見下ろす位置で聞く雲雀の声を楽しんでいる。「やすらふ」というやわらかな語感が、春景色のうららかさを伝えている。「暖になり天気晴きつて自然と人の気を浮立るこころ」（『俳諧雅楽集』）という雲雀の本意が十全に生かされている。句が詠まれたのは臍峠というところ。現在は細峠と呼ばれ、大和の桜井から吉野への途次にある。季語＝雲雀（春）

27日

丈六にかげろふ高し石の上

『笈の小文』

伊賀の国阿波の庄の新大仏寺は、重源上人によって一二〇一年に創建されたが、次第に荒廃し、一六三五年の山崩れで本尊であった丈六仏も大破した。しかし、廃墟になお留まる威徳を感じ取った芭蕉は、『笈の小文』において「聖人の御影はいまだ全くおはしまし侍るぞ、其代の名残うたがふ所なく、泪こぼるる計也」と述べた上で、この句を掲げている。失われた大仏の高さまで陽炎が立ち上ったという一句の内容は、「陽気の空まで満ちたる也」（『俳諧雅楽集』）という「糸遊（陽炎）」の本意をよく生かしている。**季語＝陽炎**（春）

28日

猫の恋やむとき閨の朧月

『己が光』

「猫の恋」という季題は俳諧でよく取り上げられる。「猫の恋初手から鳴いてあはれなり　野坡」といった句にみられるように、発情期の鳴き声の哀れさと可笑しさが、和歌よりも俳諧の性質とよく合うのだろう。この句はそうした恋猫が鳴き止んだあとの風情を、「閨の朧月」との取合せによって表現した。「人情にかけておもふべし」と『俳諧雅楽集』にあるとおり、人間の恋とオーバーラップさせることが猫の恋の詠み方であった。この句もどこか王朝貴族風の恋を連想させ、エロティックである。**季語＝朧月・猫の恋**（春）

29日

春雨の木下につたふ清水哉

『笈の小文』

前書の「苔清水」とは吉野山西行庵の近くにある「とくとくの清水」のこと。『三冊子』は春雨の本意について「をやみなく、いつまでも降り続く様にする」と書いているが、清水もまた絶えることなく滾々と湧き出でるもの。そんな似たところのある春雨と清水との間に、「木下につたふ」という発想によって詩的なつながりを持たせた。地に沁みた春雨が木の根の隙間をゆっくりと過ぎてゆき、やがて清水として地上に溢れ出る、そんな美しい水のイメージは、タルコフスキーの映画のよう。季語＝春雨（春）

30日

行く春に和歌の浦にて追ひ付きたり

『笈の小文』

『笈の小文』の旅で、吉野・高野山と旅を続けていった芭蕉は、あたかも自分が移り行く春を追いかけているように感じたのだろう。三月末、紀伊の国（今の和歌山県）の歌枕である和歌の浦に至り、山部赤人の「和歌の浦に潮みちくれば潟をなみ葦辺をさして鶴《たづ》鳴き渡る」（『万葉集』）で知られる風光明媚な海の、晩春の景をまのあたりにする。その感動が「追ひ付きたり」の表現に結実した。まるで春のヴィーナスのやわらかな肢体を抱きとめたかのように。季語＝行く春（春）

五月

1日

不精さや搔き起こされし春の雨

『猿蓑』

故郷伊賀上野にある、兄の家での吟。「春眠暁を覚えず」とばかり、心地よさにまかせて朝寝をしていたところ、家人に揺り起こされたのである。つくづく自分は「不精」だなあと、老いの兆しを自嘲ぎみに噛み締めた、四十八歳の作である。芭蕉というとひたむきな求道者のイメージが一般にあるが、こんな人間くさい一面も持っていたと思うと、ほっとさせられる。和歌的情緒を強く換起させる「春雨」ではなく、「春の雨」というより日常的な言い方を取っていることの効果も大きい。季語＝春の雨（春）

2日

蛇喰ふと聞けばおそろし雉の声

『花摘』

雉は古歌に、妻や子を呼ぶ哀切な鳴き声を詠まれてきた野鳥である。たとえば『古今和歌集』には「春の野のしげき草葉の妻恋ひに飛び立つきじのほろろとぞ鳴く　平貞文」といった雉の歌を見ることができる。だが野鳥である以上、生き物の本性としてときには蛇も食らって生き延びているはずであり、この一句には真理の発見がある。其角の「うつくしきかほかく雉の蹴爪かな」に呼応して作られた句であり、「おそろし」は、雉の逞しい生命力を眩しんでいる風でもある。季語＝雉（春）

5月

3日

入《いり》逢《あひ》の鐘もきこえず春の暮

「真蹟色紙」

「田家に春の暮を侘ぶ」と前書。入逢の鐘も鳴らされずただひっそりと暮れてゆく村の侘しさに、春の夕べの寂寥はいやがうえにも増してくる、という句意。「入逢の鐘」は、日暮れ時に撞く勤行の合図の鐘のこと。この句では「きこえず」と打ち消すことで、かえって鐘の音のイメージを強調した。笹本正治著『中世の音・近世の音』によれば、鐘の音はあの世とこの世を結ぶものであり、入逢の鐘は神々や妖怪の現れる夜への警戒として鳴らされるという。だとすればこの句の底には、無防備な村に対する不安感があるか。現在の栃木市にある鹿沼の地で詠まれた句。**季語＝春の暮（春）**

4日

どんみりと樗《あふち》や雨の花曇り

『芭蕉翁行状日記』

最後となった上方への旅において、箱根のあたりで詠まれた句。樗の花とは、栴檀の花のこと。鬱蒼と茂った葉の中に、小さな紫色の花を房状に咲かせる。『蜻蛉日記』の中巻において、作者・道綱の母は夫と疎遠になってゆく不安と鬱屈を抱え、唐崎まで夏越の祓《はらえ》に出向く。その際休息をとったのが樗の木陰であった。芭蕉の胸中もまた、何かに愁い、五月雨どきの空と同じように曇っていたのだろう。「どんみりと」という俗語によって、雨でけぶった樗の重くけだるいありようがよく描写されている。**季語＝樗の花（夏）**

5日

粽《ちまき》結《ゆ》ふ片手にはさむ額髪《ひたひがみ》

『猿蓑』

平民の女房や娘だろう。てきぱきと粽を笹の葉で包みながら、垂れてくる髪の房を片手で掻き上げては耳に挟む。そんなひたむきで優美なしぐさが、まるで一幅の絵のように鮮明に浮かび上がってくる。芭蕉が俳諧撰集『猿蓑』の編纂中、「物語等の句少なし」と自らこの句を作って入集させたことが『去来抄』に伝わっている。物語世界の指標となるのは「額髪」の語。『源氏物語』の舞台である王朝時代の女たちを連想させるからだ。端午の江戸の街角のスナップに、古くゆかしき都のおもかげが重なる。季語＝粽（夏）

6日

水鶏《くひな》啼くと人のいへばや佐屋《さや》泊り

『笈日記』

「隠士山田氏の亭にとめられて」と前書。「佐屋の水鶏の声は趣き深いと聞いたので、今晩ここにやってきた次第です」と訪問を連れの者のせいにして戯れた、俳味の句。佐屋は今の愛知県海部《あま》郡佐屋川畔にあった宿駅で、『笈日記』の旅のコースとなっている東海道より外れたところにある。わざわざ水鶏のために遠回りしたと表白することで風狂感を出した。戸を叩くように鳴く水鶏の声は、古来夏の風物詩で、芭蕉は『幻住庵記』で「螢飛びかふ夕闇の空に水鶏の叩く音」を美景の一つとして挙げている。季語＝水鶏（夏）

7日

憂きわれをさびしがらせよ閑古鳥

『嵯峨日記』

「山里にこはまた誰を呼子鳥《よぶこどり》独り住まんと思ひしものを」という西行の歌に寄せ（「閑古鳥」「呼子鳥」とも郭公の異称）、孤独の寂しさの極致を求めようとする思いをあらわにした。この句を読んで思い出すのは、堀口大學の「彼等」という短い詩だ。「彼等よく知る、／よろこびに／果てあることのかなしさを。／／彼等は知らず、／かなしみに／果てあることのかなしさを。」堀口はウィットによって詩心なき人々の享楽的嗜好を批判しているが、この句には、かなしみの果てに心の平安を求めようとする詩人の自足した優しさがある。季語＝閑古鳥（夏）

8日

若葉して御目《おんめ》の雫《しづく》拭はばや

『笈の小文』

あたりに照り輝く若葉、そのみずみずしい緑でもって、御目もとの雫を拭ってさしあげよう、といった句意。唐招提寺の開山堂に安置された鑑真像を拝しての句である。「若葉」の本意を『俳諧雅楽集』は「ぬれぬれとして涼しき初也」と述べている。「御目の雫」は、そうした若葉の滴るような緑から発想された。両目の光を奪った艱難に思いを至らせた上での、鏤骨の措辞といえる。「若葉して」の措辞は、「若葉をもって」という意味に加え、若葉の照り映えるあたりの風景までも感じさせている。一語一語を重層的に働かせ、奥行きある時空間を獲得した、まごうことなき名句。季語＝若葉（夏）

9日

五月雨や龍燈あぐる番《ばん》太《た》郎《ろう》

『六百番発句合』

『六百番発句合』で、この句は師である北村季吟から賛辞を受けている。曰く「五月雨の海をなしたる風情、俳諧体によくいへり」。ここからわかるように、五月雨の本意は、あたりが海のようになるまで降り続くところにあった。この句はその本意をふまえ、水浸しになった町を背景に、江戸の町境に設けられた木戸の番人「番太郎」が持つ提灯が、竜神の灯すといわれる「龍燈」のようだと見立てた。そこに「俳諧体」をうかがうことができよう。談林調から蕉風確立への過渡期の作である。季語＝五月雨（夏）

10日

鰹売りいかなる人を酔はすらん

『いつを昔』

江戸時代前期、寛文七年に刊行された山岡元鱗『食物和歌本草』には「かつほ《ママ》には毒のあればぞ人も酔ふ殊に病者は食せぬぞよき」という歌が引用されている。鰹に毒が？と今の常識からすると意外な感じがするが、私たちが安心して鰹の刺身が食べられるのは冷蔵技術の発達のたまものであり、鰹のような光り物は鮮度が保ちにくく当時扱いが難しかったのである。この句の「酔はす」は、鰹に当たってしまい、蕁麻疹や嘔吐を引き起こしたそのさまを言っている。ユーモラスな語り口が江戸っ子らしい。季語＝鰹（夏）

11日

鎌倉を生きて出でけん初鰹

『葛の松原』

鰹は味がよく栄養価が高いために、傷みやすいという性質をもつ。ゆえに高価な食材であり、其角に「俎板に小判一枚初がつを」という句があるくらいだ。鰹の名産地である鎌倉から運ばれた生きのいい初鰹に、芭蕉もさぞかし感動したのだろう。しかしそれを句にするためには心を砕いたらしく、芭蕉は「心の骨折、人の知らぬ所」とこの句を省みている。鎌倉が滅びた武家の都であることを念頭に置いたとき、新鮮な初鰹と無念の武士たちとの対比構造が生まれ、この句はひとかたならぬ陰翳を含んだものとなる。季語＝初鰹（夏）

12日

嵐山藪の茂りや風の筋《すぢ》

『嵯峨日記』

桜や紅葉の名所であり、平安時代から貴族の別荘地として人気の高かった京都の「嵐山」。はるかな遠景にその山並みが据わり、近景にはあおあおと茂った竹やぶがひろがる。そこを颯と渡ってゆく初夏の薫風。さわさわとこまかく揺れる竹の葉によって、一陣の風の通った道すじが目に見えるようだというのである。大景と近景との対照が鮮やかで、ひろやかな時空を一句の上に作り出している。「風の筋」という措辞が、涼気を感じさせ、すがすがしい。暑い夏にくちずさみたい一句。季語＝茂り（夏）

13日

五月雨の空吹き落せ大井川

「真蹟懐紙一」

ごうごうと音を立てる大井川の奔流よ、鬱陶しい五月雨雲を払い、空ごと吹き落としてしまうがいい、といった句意。なんとも豪壮な一句である。「五月雨」の本意は鬱々と降り続くところにあるが、この句はそうした本意に果敢な挑戦を試みた句といえよう。「俳諧もさすがに和歌の一躰なり」（『去来抄』）と述べ、和歌的本意に忠実な句作りもした芭蕉であるが、時にかくも大胆に本意を打ち返して見せたのだ。旅の途次、島田で当年最大の出水にあい、三日間足止めを食ったときの句である。季語＝五月雨（夏）

14日

髪生えて容《よう》顔《がん》青し五月雨

「真蹟懐紙」

「容顔」とは、顔立ちのこと。前書に「貧主自らを言ふ」とあり、芭蕉の自画像の句である。加藤楸邨は「ゴッホの自画像は、この句から季感を抜いた感じであろうか」（『芭蕉全句』昭44）と評している。来る日も来る日も五月雨に降り込められ、髪も髭も伸び放題、青白い顔ですっかり出不精をきめこんでいる、というのだ。この季節、「青し」といえばみずみずしい若葉や新緑が連想されてくるのだが、それを人の顔のアンニュイな青白さに転じたところに俳諧的な面白みが認められるだろう。季語＝五月雨（夏）

15日

降る音や耳も酸《す》うなる梅の雨

『続山井』

「耳も酸うなる」とは、同じことを何度も聞いて飽き飽きする、という意味の俗語である。ここでは、梅雨どきの止む気配もみせない雨の音に、耳も酸っぱくなってしまうよ、何しろ梅雨は「梅の雨」というのだから――と、「酸い」から「梅」を引き出してきて、洒落ふうに仕立てている。寛文七年、初期の頃の作で、言語遊戯の句ながら、それだけに終わっていない。梅雨どきの季節感が、身体を直接通して得た感覚によって、鋭く表現されている。季語＝梅の雨（夏）

16日

行く春や鳥啼き魚の目は泪《なみだ》

『おくのほそ道』

元禄二年は閏年だから、一年は十三ヶ月。よってこの年三月二十七日の『おくのほそ道』への出発は、新暦になおすと五月十六日に当る。この句は、その折の留別吟。「千住といふ所にて舟を上がれば、前途三千里の思ひ胸にふさがりて、幻の巷に離別の涙をそそぐ」という本文に続いて掲げられる。「行く春」の情緒と別れの感慨を魚鳥の悲しみとして形象化した。「魚の目に泪」であったら、涙は一滴二滴といったところだが、「魚の目は泪」といったことで、溢れるばかりの涙が湧き出しているさまがイメージされる。

季語＝行く春（春）

17日

五月雨に隠れぬものや瀬田の橋

『阿羅野』

降り続く五月雨に没する湖岸の風景の中で、横たわった瀬田の橋だけが浮き上がって見える、というのだ。瀬田の橋は琵琶湖の水が瀬田川に流出する出口に架けられた橋で、長さ一九六間（およそ三五五メートル）にも及び、瀬田の唐橋、瀬田の長橋とも呼ばれた。近江八景のひとつである。一句の構図が鮮明で、蕪村の「五月雨や大河を前に家二軒」に負けぬとも劣らない臨場感がある。「ものを降隠す心」（『俳諧雅楽集』）という「五月雨」の本意をうち返し、増水した川の流れにも隠れない瀬田の橋の存在感を前景化した。**季語＝五月雨（夏）**

18日

あらたふと青葉《あをば》若葉《わかば》の日の光

『おくのほそ道』

日のひかりを照り返しながら、神域の青葉や若葉が目にも鮮やかにそよいでいる、そのさまのなんと尊いことだろう、と高らかに謳いあげた。日光東照宮にて詠まれた句。単純な自然詠ではなく、意匠が凝らされている。「日の光」には、地名の日光が掛けられている。「あらたふと」という直接的な讃仰の辞、「青葉若葉」「日の光」と韻を踏んだテンポのよさによって、太平の世をもたらした徳川家を賛美する句となっている。即物描写に拘泥することでは実現し得ない、ふところ深いおおらかな句である。**季語＝青葉若葉（夏）**

19日

秣《まぐさ》負ふ人を枝《し》折《をり》の夏野哉

『曾良書留』

那須野での吟。道も定かでないほど草深い夏野のはるか、秣を高々と背負った男が歩いてゆく。その姿を目印に、人里を求め、夏野を渡ってゆくのである。「枝折」とは普通、山道を歩く際迷わないように枝を折ることをいうが、これを枝ならぬ人に見替えたところに、俳諧的工夫が見られる。また、「秣負ふ人」に焦点を絞ったことで、広々とした夏野の情景が呼び起こされてくることにも注意したい。この句に先立つ「馬ぼくぼくわれを絵に見る夏野哉」（『水の友』）も同じ構造だが、こちらは自己を焦点化している。**季語＝夏野（夏）**

20日

山も庭に動き入るるや夏座敷

『曾良書留』

開け放した座敷から望み見る、みどり深い夏の山。動くはずもない山が庭の中まで迫りくるように見えたというのは、その圧倒されるばかりの生命力の表現に他ならない。道元『正法眼蔵』に見られる「青山常に運歩す」の言葉を連想させるところがある。夏山のみどりの深さを、動きとして表現した点に詩情がある。俳句の切り取る情景は、しばしば絵画や写真のそれになぞらえられるが、芭蕉の句の中にはこのように、あたかも3D映像のような、立体的なビジョンを表現した例もみられる。**季語＝夏座敷（夏）**

21日

木啄も庵《いほ》は破らず夏木立

「真蹟懐紙」

鬱蒼とした夏木立に紛れるようにしてある小さな庵。〝寺つつき〟という名を持ち、寺院をつつき破るといわれる啄木鳥も、この庵ばかりは高徳の主に憚り、手出しをしなかったのだ、という句意。庵とは本来仮初のものであり、風霜に破れやすいとされる。しかしこの句では、「茂りて潤ふ心」（『俳諧雅楽集』）を本意とする「夏木立」を背景にすることで、その瑞々しい生命力に通うものとして、庵の意外な頑丈さを打ち出した。芭蕉の参禅の師である仏頂和尚が、一時修行の日々を送っていた雲巌寺奥の旧庵を訪ねた折の作。因みにこの庵は非公開だが現在も伝わる。**季語＝夏木立（夏）**

22日

野を横に馬牽きむけよほととぎす

『おくのほそ道』

ほととぎすの鋭い一声が聞こえてきたその方角へ、馬の首を向けよ。その声を導きに、今こそこの夏野を渡ってゆこう、という句意。馬を借りて那須野を渡ろうとした際、馬子に求められて贈った句。旅への強い意志を示した「野を横に」の措辞は、飛び去ったほととぎすのスピードと、夏野の広大さをも感じさせている。『連歌至宝抄』に「時鳥はかしましきほど鳴き候へども、稀に聞き、珍しく鳴き、待ち兼ぬるやうに詠み習はし候」とあるように、ほととぎすの鳴き声は伝統的に待ち望んで聞きとめるものであった。ここでは鳴き声を聞いてからの行動が詠われている点が斬新だ。**季語＝時鳥（夏）**

23日

石の香や夏草赤く露暑し

『曾良旅日記』

「殺生石」と前書。あたりに立ち込めた硫黄の臭気のために、勢いある夏草すらも枯れて赤くなり、そこに宿った露も暑苦しく感じさせる、という句意。石の臭気、夏草の色、そしてむっとした暑苦しさといった、複層的な感覚による把握で、殺生石の独特の雰囲気を表現した。現在の栃木県那須湯本温泉付近にある殺生石は、京から呼ばれた武将によって殺された金毛九尾の妖狐が変化した石と伝えられる。石化した後も近づく人々を臭気で殺したという。「夏草」の赤さは、そうした血なまぐさい伝説を髣髴とさせる。

季語＝夏草・暑し（夏）

24日

田一枚植ゑて立ち去る柳かな

『おくのほそ道』

この「柳」は、遊行柳のこと。那須郡芦野にあり、西行が「道のべに清水流るる柳かげしばしとてこそ立ちどまりつれ」（『新古今集』）と詠んだと伝えられている。「植ゑて」の主体は早乙女、「立ち去る」の主体は芭蕉自身と見る解釈が妥当だろう。西行にならい、「しばし」立ち止まろうと思っていたところ、感銘のあまり、思わぬ時間をそこに過ごしていた。ふとみると、早乙女がすでに田を一枚植え終わっている。それを見届け、満ち足りた気分でその場を立ち去ったのである。きっぱりした「立ち去る」の措辞に、時を超えて西行の詩魂とつながった充実感がこめられている。**季語＝田植（夏）**

25日

風流の初めや奥の田植歌

『おくのほそ道』

『おくのほそ道』によれば、須賀川の駅で会った旧友・相良等躬から「白河の関、いかに越えつるや」と問われてこの句を示し、歌仙を巻いたという。白河の関を越え、奥州に入ってはじめて耳にした田植歌。いかにもみちのくらしいその鄙ぶりに、都にも劣らない「風流」を感じ取ったのである。それは俳人としての覚悟を問うような等躬の言葉に対する切り返しであったと同時に、奥州の地そのものへの挨拶でもあった。「古風残りたる鄙の風俗を賞する也」と『俳諧雅楽集』にあるような、「田植」の本意をよく汲み取った一句である。季語＝田植歌（夏）

26日

世の人の見付けぬ花や軒の栗

『おくのほそ道』

『ほそ道』の旅の途上、須賀川に泊まった芭蕉は、世俗から離れて暮らしている僧侶可伸《かしん》を訪ねる。芭蕉はその人柄のゆかしさを栗の花に託して詠み、彼に西行の面影を重ねて挨拶とした。じじつ、栗の花は葉の色に紛れるような淡い緑色をしており、隠逸な印象を与える花である。そのように世間から見過ごしにされている花に美点を見出すのが侘びの思想なのだ。芭蕉はのちに、「人も見ぬ春や鏡の裏の梅」（『己が光』）という同趣向の句も詠んでいる。季語＝栗の花（夏）

27日

五月雨や桶《をけ》の輪切るる夜の声

「真蹟懐紙」

「梅雨」と前書。五月雨は、『三冊子』に「晴れ間もなきやうにいふ物也」とその本意を指摘されている。この句の水桶は戸の外で、そんな止むことのない五月雨に晒されているのだ。溜まった水を吸い続けた桶の木が膨張し、ある夜とうとうバシッと音を立てて箍が切れてしまった。些細な出来事ではあるが、その音はうっとうしい梅雨の日々のすべてを物語っているといっていいだろう。一月十六日に紹介した「瓶割るる夜の氷の寝覚かな」と同じく、芭蕉の聴覚表現の鋭敏さを証明する一句である。季語＝五月雨（夏）

28日

ほととぎす消え行く方《かた》や島一つ

『笈の小文』

須磨の鉄拐《てっかい》山から眺めた景を詠んだ。ほととぎすの鳴き声を追って海上に目を転じると、ひとつの島がそこにあるばかりだった、というのだ。鉄拐山から実際に見える「島」とは、淡路島のこと。しかし句の上では固有名は消され「島一つ」と普遍化されている。そのことで、広漠とした海原に島影がぽつんとあるさまが強調されてくる。「消え行く」の措辞は、直接的にはほととぎすの声をさしているが、掛詞的に「島ひとつ」にも及び、孤立した島影のイメージを引き立てている。季語＝時鳥（夏）

29日

駿河路《するがぢ》や花橘《はなたちばな》も茶の匂ひ

「真蹟懐紙一」

ここ茶所の駿河路では、薫り高い橘ですらも茶の香りに押されて紛れてしまうようだ、という句意。橘の花の香りの高さは、「五月待つ花橘の香をかげば昔の人の袖の香ぞする　読人しらず」（『新古今和歌集』）の一首によってよく知られている。その古雅な香りが「茶の匂ひ」に紛れそうだと見たこの句の趣向は、きわめて大胆。この把握によって、いかにも茶所の「駿河路」らしい懐かしい雰囲気が醸し出されている。また、「駿河路や」というおおらかな打ち出しは、現代俳句にはあまり見られない柄の大きさをこの句にもたらしている。**季語＝花橘（夏）**

30日

ほととぎす鳴く鳴く飛ぶぞ忙はし

『あつめ句』

ほととぎすの本意について、連歌の作法書『連歌至宝抄』は次のように記している。「時鳥《ほととぎす》はかしましきほど鳴き候へども、稀に聞き、珍しく鳴き、待ち兼ぬるやうに詠み習はし候」。実際には、昼夜を問わずかまびすしく鳴き散らすほととぎすであるが、詩歌の上においてはめったに鳴かないものを待ち構えるように詠むべきだというのだ。そうした本意に異議申し立てを試みたのがこの句である。「鳴く」「飛ぶ」と短い語を連ねることで、そのせわしいさまがよく感じられてくる。**季語＝時鳥（夏）**

31日

卯の花や暗き柳の及び腰

『俳諧別座敷』

卯の花は空木の花のこと。「卯の花の匂ふ垣根にほととぎす早も来鳴きてしのびねもらす夏は来ぬ」と学校唱歌（佐々木信綱作詞）に歌われているように、夏の到来を告げる、白く明るい花である。それに対して、葉を茂らせて暗い印象がある夏の柳を取り合わせ、柳がまるで卯の花に及び腰で手を伸ばしているかのようだ、と見立てた句。禅の教本『碧巌録《へきがんろく》』にみられる「柳暗ク花明《アキラ》カナリ」の一節を着想の契機としており、明暗の対照が印象的である。「及び腰」の俳諧味も見逃せない。季語＝卯の花（夏）

六月

1日

竹の子や稚《をさな》き時の絵のすさび

『猿蓑』

筍という言葉は「子」に掛けて扱われる倣いがある。中でも『源氏物語』横笛巻、罪の子薫が筍にむしゃぶりつくシーンは印象的。「御歯の生ひ出づるに食ひ当てむとて、筍をつと握り持ちて、雫もよよと食ひ濡らしたまへば」とある一節をふまえ、蕉門の嵐雪は「竹の子や児の歯ぐきの美しき」と詠んでいる。この句の「竹の子」から「稚き時」への連想も、こうした詠み方に沿ったもの。子供の頃遊びで描いた絵さながらに、単純ながらも力強い筍の形《フォルム》。そこに盛んなる生命力を見た。**季語＝竹の子（夏）**

2日

紫陽花や帷子《かたびら》時《どき》の薄浅黄

『陸奥衛』

「帷子」とは、麻もしくはカラムシで作る夏用の単物《ひとえもの》のこと。江戸期の百科事典『和漢三才図絵』によれば、端午のころには浅黄色のものを着る習慣があったようだ。また、紫陽花は七変化という別名を持つように、土壌の酸度によって色を変える。薄浅黄色の帷子を着る初夏の頃、ちょうど同じ色をした紫陽花を見つけた——そんな発見をすかさず涼感あふれる一句として仕立てた。「帷子時の薄浅黄」という緊縮した表現が巧みで、一句の立ち姿も凜々しく涼やか。**季語＝紫陽花・帷子（夏）**

3日

烏賊《いか》売の声まぎらはし杜宇《ほととぎす》

『韻塞』

烏賊がもっともよく獲れ、また味もよいのは初夏。ちょうどほととぎすが鳴きはじめる頃だ。その声を待ち望んで耳を澄ましていると、代わりに烏賊を売って歩く商人の掛け声が聞こえてきた、という句意。雅俗の対比の句といってよい。ただし、「杜宇」という雅が「烏賊売の声」という俗によって打ち消されているわけではなく、ふたつが照応することによって、互いに新鮮な詩情をまとった言葉として現れてくることに注意すべきだろう。初夏の街角の活気が伝わってくる一句である。季語＝時鳥（夏）

4日

柚《ゆ》の花や昔忍ばん料理の間

『嵯峨日記』

『嵯峨日記』は、去来の別邸・落柿舎に招かれて滞在した日々の記録である。現在の落柿舎は明治期に建てられた庵風の建物だが、もともとは豪商の別邸を買い取ったものだった。果汁や皮を調理に用いる柚子から「料理の間」への連想は驚くに価しない。この句の面白さは「柚子」そのものではなく「柚の花」を配している点にある。「柚の花」によって、間接的に「料理」を暗示させているところが、「昔忍ばん」と古きを回想する態度にふさわしい。純白の優しい花が、作者芭蕉の心と響き合っている。季語＝柚の花（夏）

5日

ほととぎす大竹藪を漏る月夜

『嵯峨日記』

静まり返った竹藪。ふいに響きわたったほととぎすの一声が、その静寂を破る。差し込む月光は、まるで声の主を暴き出そうとするかのようだ。月光という素材を効果的に用いた芸術家に、たとえばベルギーの画家デルヴォーがいるが、この句も凄烈な月の光との響き合いによって、ほととぎすの声の鋭さを際立たせている。『嵯峨日記』に昨日の句に続いて掲げられる句。同書によれば、芭蕉は落柿舎にて「貧賤を忘れて、清閑に楽しむ」日々を送ったという。そうした日々の一齣として、この清雅な情景があったのだ。

季語＝時鳥（夏）

6日

五月雨に鳰の浮巣を見にゆかん

『あつめ句』

鳰の浮巣とはかいつぶりの巣のことで、伝統的には琵琶湖のそれをさす。『笈日記』では「露沾《ろせん》公に申し侍る」と前書（露沾は江戸俳壇の実力者）。『三冊子』はこの句について「詞《ことば》に俳諧なし。浮巣を見に行かんと云所俳也」と述べている。確かに「鳰の浮巣」は代表的な歌語で、この言葉自体に新しみはない。だが、五月雨の中わざわざ琵琶湖まで鳰の浮巣などを見に行くという、一般の人々からすれば理解できないことをあえて「見にゆかん」と呼びかけた風狂の姿勢そのものに俳諧があるのだ。季語＝五月雨（夏）

7日

五月雨は滝降り埋《うづ》むみかさ哉

「曾良書留」

五月雨によって増した川の水量は、いまごろきっと乙字が滝までも覆い尽くしてしまうほどになっているだろう、という句意。滝のことを聞いて見にいこうとしたが、折からの雨で増水した川を渡ることができず、結局叶わなかったと「曾良書留」にある。滝というとはるか高みから勢いよく流れ落ちる様をイメージするが、この句に詠まれた須賀川の乙字が滝は、川の流れの中に落ち込む急流といったほうが近い。水と水とが相克しあう夏のエネルギーが、読む者まで押し寄せてくるような迫力がある。下五を「みかさ哉」と大らかに止めたことによって、水の重量感がいいとめられている。季語＝五月雨（夏）

8日

笠《かさ》島《しま》はいづこ五月《さつき》のぬかり道

『おくのほそ道』

笠島にあるという藤原実方の墓を求めて、五月雨の中を歩いた際の句。実方は藤原行成との口論が原因で奥州へ左遷された公卿歌人である。後に西行によって「朽ちもせぬその名ばかりをとどめおきて枯野の薄かたみにぞ見る」と詠まれたその墓は、芭蕉にとってはぜひ訪れたい場所だった。ぬかるんだ道を「いづこ」とひたすらに歩き回る姿には、むろん誇張が入っている。が、そうした姿勢は、漂泊者の先達である西行や、貴種流離譚の主人公・実方を思慕するのにまさにふさわしいといえる。漂泊者の系譜にみずからを位置付けるべく、風狂の旅人になりきってみせた句。季語＝五月（夏）

9日

あやめ草足に結ばん草鞋の緒

『おくのほそ道』

『おくのほそ道』に、仙台の画工嘉右衛門から紺色の染緒の草草鞋《くさわらじ》を贈られての句として掲げられる。折りしも端午の時期。菖蒲の強い香気は邪気を払うものとされ、五月の節句には腰や手に付けるまじないが行われた。そのことを念頭に置き、まるで菖蒲を引き結んだかのように青い染緒の草鞋を履いて、心強くこの先の旅を進めてゆくことができそうです、と嘉右衛門の厚意に謝した句だ。実際に菖蒲草を引き結んだわけではなく、俳諧的な誇張。「足に結ばん」の語気が快い。**季語＝菖蒲草**（夏）

10日

手を打てば木霊《こだま》に明くる夏の月

『嵯峨日記』

門人去来の別邸、嵯峨の落柿舎にて迎えた未明の情景である。大気は夜の間に冷やされ、昨日の暑さが嘘のように涼やか。厳粛な気分で山々へ向かって拍手を打つと、あたかもその木霊に応えるかのように、東の空が明け白んできた、というのだ。『俳諧雅楽集』には「夏の月」の本意が「こころよく清き心　口外に涼しきこころ有るべし　短かきこころもあるべし」と述べられている。この句はそうした本意に合致しているといってよい。「木霊に明くる」という合理的には説明できない感応に、詩情が宿る。**季語＝夏の月**（夏）

11日

能なしの眠たし我を行々子《ぎやうぎやうし》

『嵯峨日記』

「行々子」とは、昼夜を問わず鋭い声で鳴く葭切《よしきり》のことで、同音の「仰々し」が掛けられている。仰々しく騒ぎ立てて、終日何もすることのない能なしの私の眠りを妨げてくれるなと、自嘲気味に韜晦した。さらに、そのような安楽な思いをさせてくれている去来への謝意もこもっている。〝シ〟音の脚韻と、ギョウギョウシという繰り返しを含んだ音の作り出すリズムのよさも、俳諧味を引き立てる。感情や意志を一句の上から消すように努める現代俳句の行き方とは、対照的だ。季語＝行々子（夏）

12日

五月雨や色紙へぎたる壁の跡

『嵯峨日記』

「明日は落柿舎を出でんと名残り惜しかりければ、奥・口の一間一間を見廻りて」と前書。『嵯峨日記』の最後の日に置かれた句で、落柿舎から去る惜別の思いを詠んだもの。「へぐ」とは剝ぎ取るの意味で、落柿舎のある部屋の壁に、色紙を剝いだ跡があるのを見つけたのである。それを「五月雨」の時節の鬱屈した思いの具現と見た。日常の些事に詩情が見出されており、軽みということを実践したひとつの例とみてよい。近代的な即物具象の句という印象があるが、色紙が剝がされた壁の荒涼とした印象に、別れの感慨が託され、抒情味も豊かである。季語＝五月雨（夏）

13日

鶯や竹の子藪に老いを鳴く

『俳諧別座敷』

『白氏文集』にみえる「老鶯《ろうおう》」の語に興味を引かれて詠んだことが伝わっている（各務支考『十論為弁抄』）。本来、鶯は春を告げる鳥であるが、実際は夏になっても繁殖のためにまだ鳴いている。これを「老鶯」という。この句は、竹の子があちこちに顔を出している初夏の竹藪で響き渡る老鶯の声を詠ったもの。老鶯を文字通りに老いた鶯と見て、自分自身の老いの感慨を託した。伸び盛りの若竹との対照によって、老いた鶯の悲哀がいっそう強調される。季語＝老鶯・竹の子（夏）

14日

一つ脱いで後《うしろ》に負ひぬ衣《ころも》更《がへ》

『笈の小文』

「衣更」は一般に屋内の季題であるが、この句は旅の中での衣更を詠んでいる。過ぎゆく春をしっとりと惜しむ暇もなく、手早く脱いだ着物を、背負った荷のなかにさっと加えてしまった、というのだ。『俳諧雅楽集』は、俳諧における「衣更」の本意について「こころの軽くなりたる事　気の替りたる心もよし」と述べている。まさにこの句の趣は、心の軽さ、すなわち解放感にあるだろう。そしてその軽やかさには、芭蕉の理想とする旅のありようが暗示されている。季語＝衣更（夏）

6月

15日

目にかかる時やことさら五月富士

『芭蕉翁行状記』

現代では一般的に「五月晴れ」というと五月のからりと晴れ渡った空をいうが、本来は五月雨が降り続く梅雨季にたまたま得たわずかな晴れ間のことをさす。この句には、まさにそんな五月晴れが詠まれている。前書には「箱根の関越えて」とある。ようやく難所越えを果たした感動と、折りしも晴れ渡った空が富士をまざまざと見せてくれた感動——そんなダブルの感動が、「ことさら」という措辞にこめられている。中七の間の「や」によって作られるリズムも、心の高ぶりを伝えている。季語＝五月富士（夏）

16日

ほととぎす鳴くや五尺の菖《あやめ》草《ぐさ》

「真蹟短冊」

「五尺の菖草」は和歌や連歌の慣用語である「五月の菖草」に言い掛けた表現である。ほととぎすの声と、威勢よく伸びた菖草の葉と——天と地の景物の配合が、独特の詩的空間を作り出す。眼目は、ほととぎすの声という聴覚による把握が、「五尺の菖草」という視覚的イメージに転化されているところにある。これによって、一句の詩的世界はその奥行きを深めている。単に歌語を言い換えた諧謔の句ではない。ちなみに弟子の嵐雪も同じ趣向によって「鶴の声菊七尺のながめかな」（『其袋』）と詠んでいる。季語＝時鳥（夏）

17日

紫陽花《あぢさゐ》や藪を小庭の別座敷《べつざしき》

『俳諧別座敷』

伊賀へ帰郷する芭蕉を送るため、深川の子珊《しさん》亭で巻かれた歌仙の発句である。別座敷とは離れ座敷のことで、そこに誂えられた小庭は、もともとあった藪をそのまま風景として無造作に取り込んだだけのものであったのだ。そんな飾らない素朴さを愛する亭主子珊の人柄が、紫陽花の清雅なたたずまいと相通じる。芭蕉は「今思ふ体は浅き砂川を見るごとく、句の形、付心、ともに軽きなり」（『俳諧別座敷』子珊自序）と軽みを意識してこの句を詠んだと伝えられる。即興ならではの軽さと詩情の深みを併せ持った句である。**季語＝紫陽花（夏）**

18日

木隠れて茶摘みも聞くやほととぎす

『俳諧別座敷』

陰暦五月ごろの、二番茶の茶摘である。木の間隠れに忙しく立ち働く茶摘女たちも、ほととぎすの風雅な声を聞きとめて、耳を澄ましているだろうと思いやったのである。実景に接しての作ではないが、眼前の情景さながらのリアリティがあるのは、「木隠れて」の措辞の巧みさによる。「是時鳥に茶摘、季と季のとり合せといへども、木隠れてと、とりはやし給ふ故に名句になれり」（『俳諧問答』）と許六の指摘にあるように、この一語が二つの季題を無理なく結び合わせて、初夏の季節感を醸し出しているのだ。**季語＝時鳥（夏）**

19日

橘やいつの野中の郭公《ほととぎす》

『卯辰集』

橘の花の香りをきっかけに、むかし野で聞いたほととぎすの声の記憶がよみがえってきた。あれはいつの、どこの野のことだっただろうかと懐旧した、感傷の濃い句。嗅覚は他のどの感覚にも増して脳の記憶中枢を刺激するというから、こういう体験は納得がいく。橘とほととぎすとは伝統的によく取り合わせられる題材で、この句もそれに倣ったモンタージュ仕立てで成っている。ちなみに橘の花の香りの印象を決定的にしたのは、『古今集』の和歌「五月待つ花橘の香をかげば昔の人の袖の香ぞする」。この歌以来、橘の花の香は人の追憶を誘うものとして詠まれるようになった。季語＝時鳥・橘の花（夏）

20日

京にても京なつかしやほととぎす

「小春宛真蹟書簡」

ほととぎすの鳴き声は、いにしえの京のうたびとたちの題詠の対象となってきた。そんな歴史の厚みを感じさせる声を聞いていると、現に京にいるにもかかわらず、はるかに時を隔てた古き京がなつかしいものに思えてくる、というのだ。つまり、上五の「京」は現実の京都のことをさし、中七の「京」は、古典世界の京都をさす。ふたつの「京」の間に、時代の隔たりを持たせた面白さがある。ほととぎすの声はまさに風雅の象徴であり、芭蕉の憧れてやまない境地が、一句の上に自然とにじみ出ている。季語＝時鳥（夏）

21日

島々や千々《ちぢ》に砕きて夏の海

『蕉翁全伝附録』

大小さまざまの島々が点在する松島湾で詠まれた。「砕きて」には、海が島を砕く、という意味と同時に、島に当たった波が砕ける、というニュアンスも含まれている。海が陸を侵し、また陸が海と拮抗する、そんな躍動感に満ちた句だ。だがなぜ『おくのほそ道』に収録されなかったのか、それはこの句が松島の伝統的な風景観を表出できていないからではないか。時間と空間の縦糸横糸が織り成す『ほそ道』の文学空間において、松島の歴史をも感じさせるような句こそ芭蕉は求めたのだろう。**季語＝夏の海（夏）**

22日

夏草や兵《つはもの》どもが夢の跡

『猿蓑』

「奥州高舘にて」の前書。この地で戦い、果てていった源義経一党や藤原氏の一族。彼らの描いた夢や幻想は、まさに夢のように儚く消え、今は夏草が茫々と茂るばかり。『おくのほそ道』の前文には杜甫の詩「春望」を意識した「国破れて山河あり、城春にして草青みたり」の一節がある。ただしこの句は杜甫の詩のように、移ろう人の世と、不変の自然とを、明確に対比させているのではない。「夏草」に兵のイメージを重ねることで、自然もまた、人と同じように無常から逃れられないことを暗示している。**季語＝夏草（夏）**

23日

五月雨の降り残してや光堂

『おくのほそ道』

『おくのほそ道』のハイライトのひとつにあたる平泉の章段に掲げられた句。光堂とは藤原秀衡の建立した中尊寺の堂塔の一で、堂の内外は全て金箔で押されていることからそう呼ばれる。あたりのものはみな五月雨に煙っているのに光堂のみが没さずに浮き上がっている、という空間的な把握にとどまらない。初案が「五月雨や年々降るも五百たび」であることからわかるように、この句は、はるかな星霜に思いを馳せ、あたかも永遠そのものであるかのような光堂の神秘性を描出したものである。五月雨さながらにすべてを覆いつくす年月に対して、超然と拮抗する光堂の輝き。季語＝五月雨（夏）

24日

螢火の昼は消えつつ柱かな

『曾良本おくのほそ道』

中尊寺金色堂での作。素直に読めば、薄暗い堂の中に迷い込んできた昼の螢の淡い光が、柱の影にふっと隠れてしまった、ということか。しかし、昼に螢が飛ぶだろうか？　もしかしたらこの螢は、うつつの螢ではなく、柱を彩る螺鈿や蒔絵が発する、仄かな光の比喩かもしれない。曾良本においてこの句は抹消されているが、一句の幻想性は、捨てがたく魅力的。大中臣能宣の歌「みかきもり衛士のたく火の夜は燃え昼は消えつつものをこそ思へ」から引いた「消えつつ」の措辞が、朽ちてゆく光堂の輝きをも暗示している。季語＝螢（夏）

25日

蚤《のみ》虱《しらみ》馬の尿《ばり》する枕もと

『おくのほそ道』

今夜の宿りの侘しさときたら、蚤や虱が出てくるばかりか、枕元で馬が尿《ゆばり》する音が聞こえてくるほどだ、という句意。このような環境にありながら、否、だからこそ自らを非情なまでに客観視し、苦笑と共に今の状況を受け入れようとしている。夏目漱石『草枕』の主人公は、山路を登りながらの思索中、この句に触れている。そして自身もまた人間を「ことごとく大自然の点景として描き出されたものと仮定して取こなして見よう」と述懐する。漱石はこの句に、自身の理想とする則天去私の境地を見ていたのだろう。季語＝蚤・虱（夏）

26日

這ひ出でよ飼屋《かひや》が下の蟇《ひき》の声

『おくのほそ道』

飼屋は養蚕のための小屋。その床下に隠れて鳴いている蟇に向かって、這い出て来て私にその姿を見せてみよ、と呼びかけた句。声も姿も愛されない蟇に、自らを重ねている風でもある。人間探求派と呼ばれた昭和の俳人たちも、「蟇誰かものいへ声かぎり　加藤楸邨」「蟾蜍長子家去る由もなし　中村草田男」といったように、蟇に自己を投影させた。しかし、芭蕉の句は、こうした明らかな象徴化の手法を採っていない。あくまで呼びかけのかたちをとることで、ほのかなユーモアを漂わせている点が特徴的だ。季語＝蟇（夏）

6月

27日

眉《まゆ》掃《は》きを俤《おもかげ》にして紅粉の花

「真蹟懐紙」

「最上にて紅粉《べに》の花の咲きたるを見て」と前書。紅粉の花のありようは、まるで化粧道具の眉掃きを思わせる、と見立てた句。ただ形が似ている、というだけでなく、その色合いや、「紅粉」という名前を含めた相似性が、眉掃きへの連想の契機となっている。そうした微妙な味わいの比喩を実現させている「俤にして」という措辞の巧みさに、一句の身上はある。「まゆはき」「俤」「紅粉」という、恋の匂いを伴う語を用いることで、一句には艶も感じられる。最上は紅粉の花の名産地。**季語＝紅粉の花（夏）**

28日

閑《しづか》さや岩にしみ入る蟬の声

『おくのほそ道』

立石寺での吟。細く清澄な蟬の声が、岩にしみいってゆくようだと感じたそのとき、静かな山中はさらなる閑寂に包まれたのである。「発句は行きて帰る心の味ひ」（『三冊子』）という芭蕉の言葉通り、一句を読み終えた後、意識は再び上五の「閑さや」に戻されてゆく。悲しみの果に喜びが訪れ、喜びの尽きたところに悲しみが顔を覗かせるように、物事の極みには、逆転した世界が拓ける。そんな真理を象徴する「閑さ」とは、単に無音ということではない。無我の境地ともいうべき、空漠とした精神の状態をも意味している。**季語＝蟬の声（夏）**

29日

五月雨を集めてはやし最上川

『おくのほそ道』

現在の山形県中央部を北に流れ、酒田の海に入る最上川。詩歌の伝統においては、主に恋の歌枕として扱われてきた。ところが芭蕉はそうした伝統的イメージをあえて切り捨てて、恋の香りなどまったく感じさせない、勇壮な最上川の風景を描き出した。長い期間、そして広大な地域に渡って降り続いた五月雨の水が、ひとつに集まったかのような勢いと水量とを、「集めてはやし」の措辞が余すところなく言いとめている。『おくのほそ道』にあらわれてくる多くの例に漏れず、この句も時間と空間の奥行きを感じさせる。

季語＝五月雨（夏）

30日

雲の峰幾つ崩れて月の山

『おくのほそ道』

日中、この月山の山肌に、雲の峰はいくたび湧いて崩れたことだろうか。暮れ果てた今は、焼けつくような日ざしに代わって月光がさしこみ、その名のとおりに月の山となって輝いている、という句意。「月の山」は、霊山として知られる月山という地名と、月光のさしこむ山という両意を兼ねた表現。芭蕉がどの地点からこの景に望んでいるのか、従来解釈上の争点となっているが、この句はそうした写実的な観点で説明することはできない。まるで鳥のように自在な視座を生む想像力にこそ、この句の真価がある。季語＝雲の峰（夏）

七月

1日

暑き日を海に入れたり最上川

『おくのほそ道』

真っ赤な夕日、そして今日の暑い一日を、雄大な最上川の流れがもろともに海へ押し流している。「暑き日」の意味を、「暑い夕日」と取るか「暑い一日」の意と取るかで、解釈が分かれる。当時の用法では、太陽を「暑き日」と表現する例は見られないが、言葉の本意に果敢に挑戦した芭蕉のことであるから、ここでは夕日という意味も含めた、両方のイメージが託されていると見るのが妥当だろう。「海に入れたり」の擬人法的表現で、書割的な風景詠から脱し、最上川の滔々たる流れを活写している。**季語＝暑き日（夏）**

2日

象《きさ》潟《がた》や雨に西《せい》施《し》が合《ね》歓《ぶ》の花

『おくのほそ道』

どこか物思いに沈む風情の、雨の象潟。そこで目にした鮮やかな紅色の合歓の花が、悩ましげに俯く西施の姿を髣髴とさせたのである。西施は楊貴妃と並ぶ古代中国の美女で、胸の痛みに眉をひそめ愁う姿は、殊に美しいとされた。厚化粧・薄化粧を問わぬ容顔の美しさを、絶景と謳われる西湖に擬えたのが、蘇東坡の詩「西湖」。その発想を借り、日本では雨の象潟と、そこに濡れ咲く合歓の花こそが、西施に比するべき趣なのだとした。叙述を省略し、表現のスリム化がはかられている。そのため、句の姿もなよやかに美しい。**季語＝合歓の花（夏）**

3日

汐《しほ》越《ごし》や鶴脛《はぎ》ぬれて海涼し

『おくのほそ道』

「汐越」は、外海の湖が象潟の中に注ぎ込んでくる浅瀬の地名。そこへ降り立った鶴の脛を、波が濡らしてゆく。涼感溢れる浅瀬の情景が鮮明に切り取られている。清涼感という点では、「汐越」という地名の効果も看過できない。脛とは普通、人間の脛のことをいうが、それを鶴の脚をさすのに用いたところが独特。鶴に寄せる波の感覚が、読む者に自分のことのように生々しく伝わってくる。ちなみに、実際にはコウノトリを鶴と見誤ったものとみられる。**季語＝涼し（夏）**

4日

温《あつ》海《み》山《やま》や吹《ふく》浦《うら》かけて夕涼み

『おくのほそ道』

酒田の歌枕、袖の浦の吟。酒田のはるか南、越後との国境近くに位置するのが「温海山」。「吹浦」は酒田から北、羽後との国境に近い。南北両極端に位置する二つの地名を通して、はるかに見渡す広大な情景を十七音の上に展開した。「温海山」という名のいかにも暑そうな印象を、「吹浦」の名がまさに吹き払い、清涼感を醸し出している。この句と同様、地名の字面を効果的に用いた現代俳句に、たとえば山口青邨の「祖母山も傾山も夕立かな」「みちのくの淋代の浜若布寄す」などがある。**季語＝夕涼み（夏）**

5日

初真桑《はつまくは》四つにや断《た》たん輪に切らん

「真蹟懐紙」

さあてこのうまそうな初真桑、十の字に切ってやろうか、縦に輪に切ってやろうか、といかにも弾んだような調子の句である。「四つにや断たん輪に切らん」と脚韻を踏んだ調子のよさが一句の身上である。前書によれば、酒田の町人俳人近江屋三郎兵衛のもとで、納涼のもてなしとして出された真桑瓜を前に、「句なき者は喰ふ事あたはじ」と戯れて作った句とある。個の時代である現代の俳句は、こうした句にみられる即興性と、そこからくる軽妙な味わいを、忘れてはいないだろうか。**季語＝初真桑（夏）**

6日

文月《ふみづき》や六日《むいか》も常の夜には似ず

『おくのほそ道』

文月もいよいよ六日。明日の夜は織姫と彦星の伝説がある七夕だと思うと、前日である六日の夜でさえいつもの夜と違い、艶めいた雰囲気があるように感じられてくる、という句意。「二日にもぬかりはせじな花の春」（二月二日に紹介）や「草の戸や日暮れてくれし菊の酒」（九月十日に紹介）も同趣の句で、巷間の人々とは違うかたちで時節の行事に向き合っている自らを面白がっているのであり、風狂の徒としての矜持と自嘲とがないまぜになった感情が盛られている。一日早くに七夕の気配を感じ取っているところに、繊細な感性が働いていることはいうまでもない。**季語＝文月（秋）**

7日

荒海や佐渡に横たふ天の河

『おくのほそ道』

「越後の駅出雲崎《いづもざき》といふ処より佐渡が島を見わたして」と前書。荒々しくのたうつ、真っ暗な海。その彼方に佐渡の島影が見え、中天には天の河が雄渾さを誇っている、という句意。宇宙的感覚の一句といえよう。「横たふ」の文法的な不自然さはよく指摘されるところだが、ここでは他動詞の「横たふる」の特殊な用法と見たい。すなわち、何か大きな存在によって「横たえられた」と見ることで、天の川の威容を出した表現なのである。森澄雄の「春の野を持上《もた》げて伯耆大山を」（『鯉素』昭54）に通い合う詩趣がある。

季語＝天の川（秋）

8日

かたつぶり角《つの》振り分けよ須磨《すま》明石《あかし》

『猿蓑』

かたつむりよ、その角を振り分けて、須磨と明石の両方の名所を指し示してみよ、と呼びかけた句。かたつむりの角という瑣末で微小なものと、須磨明石という歴史的な名所との取合せに、ユーモアが生まれている。須磨と明石は近距離にあることは、『源氏物語』の須磨の巻に「明石の浦はただ這ひわたるほど（近い）」とあるとおりだが、この「這ひわたる」からかたつむりを連想したのである。非常に狭いことを表す慣用語「蝸牛の角」も、一句の隠し味として利かせている。**季語＝蝸牛（夏）**

9日

わが宿は蚊の小さきを馳走《ちそう》かな

『泊船集』

「馳走」とは普通、食べ物でのもてなしのことをいうが、「蚊の小さいこと」という事柄を「馳走」と見立てたところに工夫がある。せっかくおいでいただいたのに、侘びた庵住まいの私には、何のご馳走もできません。せめてこの庵に出る蚊は小さくて、刺されても大したことがないのをもてなしと思ってください、と戯れた句。「鬱陶しき心」(『俳諧雅楽集』)を本意とする蚊であるから、小さくても大きくても嫌なものだが、蚊の小さいことを大げさに吹聴しているようなところが面白い。幻住庵に門下の秋之坊を迎えた折の作。**季語＝蚊(夏)**

10日

蛸壺やはかなき夢を夏の月

『笈の小文』

深い海の底、蛸壺に眠る蛸は、短夜が明けた朝には、引き揚げられてしまう運命にある。そうとも知らずに眠り続ける蛸の、はかない夢を照らし出すかのように、海上では夏の月が煌々と輝いている。海底の「蛸壺」から天上の「夏の月」へ上昇する、視点の動きがダイナミックだ。さらに、前書の「明石夜泊」から、『平家物語』の世界も重ねられていることがわかる。また、切字「や」で明確に切れず、「を」の働きに文法的な捩れがあることで、一句の表現そのものも不安定になっており、それが「はかなき」の感慨を裏付けている。**季語＝夏の月(夏)**

11日

夏衣いまだ虱《しらみ》を取りつくさず

『野ざらし紀行』

『野ざらし紀行』の最後を締めくくる句。旅の日々をともにしてきた夏衣の虱をひねってはつぶしているが、何しろうじゃうじゃといるので、取り切れない、というのだ。それだけ、長く侘しい旅が続いたことを暗示している。虱は現実には人の血を吸う嫌な虫だが、漢詩文では隠逸の気分をあらわすものとして扱われ、芭蕉の「幻住庵記」にも「空山に虱を捫《ひねり》て座ス」という一節がある。この句の場合も、夥しい虱にうんざりしているわけではなく、虱をつぶしながら、旅を終えた安らぎをしみじみと噛みしめていると解したい。季語＝夏衣（夏）

12日

螢見や船頭酔うておぼつかな

『猿蓑』

「勢田の螢見」と前書。螢の名所・瀬田の螢谷を流れる川に、小舟で繰り出し、陽気に酒盛り。船頭さんにも振舞ったら、何だか棹さばきがおぼつかなくなってきた、こりゃ危なっかしいぞ、と軽く興じた句。『猿蓑』には、同じ時に詠まれた「闇の夜や子共泣出す螢ぶね　凡兆」の句と並ぶ。どちらの句も、女性の情念の象徴として古歌に詠まれてきた「螢」の本意に縛られることなく、賑やかな螢見の情景を切り取り、喧騒の中でかえって印象付けられる螢火のしっとりとした情感を言いとめている。季語＝螢見（夏）

13日

やがて死ぬけしきは見えず蟬の声

「真蹟句切」

「無常迅速」と前書。鳴きつのる蟬たちの声は、死の気配を微塵も感じさせないほど生命力に溢れている。しかしやはり、それらも死の定めからは逃れられないのだ、という句意。いままさに聞いている蟬声の喧しさと、未来における蟬の死に絶えた森の静かさとを意識のうえで比較することで、蟬声がいよいよ哀れ深く聞こえてくるのだ。『俳諧雅楽集』によれば、蟬の本意は「はかなき心」にあるという。そのあまりに短い寿命から、蟬ははかないものの代表として扱われてきた。ひいては人間もまた、無常迅速の理から逃れられないのだというメッセージが、一句の背後に潜んでいる。季語＝蟬（夏）

14日

子供等よ昼顔咲きぬ瓜剝かん

『藤の実』

子供らよ、来てごらん。昼顔の花が咲くこの日盛り、みんなに真桑瓜を剝いてあげよう、という句意。昼顔と瓜という、盛夏の代表的な風物を出すことで、その時節らしい情景を演出している。また、「昼顔咲きぬ瓜剝かん」と二つテンポよく並べられた短いフレーズは、子供たちを呼び集める口吻を、いきいきと伝えている。甘みのある瓜は、子供の好物である上に、まるい瓜の形が子供の顔を連想させることから、伝統的に瓜と子供の関係は深かった。たとえば『万葉集』巻五、山上憶良の長歌には、「瓜食めば子ども思ほゆ」とある。季語＝昼顔・瓜（夏）

15日

六《ろく》月《ぐわつ》や峰に雲置く嵐山

「杉風宛真蹟書簡」

嵐山が、みずからの山膚にどっかと据え置いたような入道雲。酷暑の六月を、さらに暑く感じさせるような風景である。この句の魅力は何といっても、高弟・其角が「豪句」(『句兄弟』)と評しているような、男ぶりの堂々たる風格にある。ふつう入道雲は「立つ」と表現するが、「置く」といったことで、頑として動かない入道雲の重量感が打ち出されている。杉風宛書簡の中で、芭蕉は「六月」をミナヅキではなくロクガツと読むように明記している。句の勢いを削がないための、緻密な配慮である。**季語＝六月（夏）**

16日

夏の夜や崩れて明けし冷し物

「杉風宛真蹟書簡」

夏の夜がしらじらと明けてきて、涼しげだった冷し物も、見苦しく残骸となっている。「冷し物」は、季節の野菜や果物などを冷やした料理のことで、酒宴の終わりに供される。たちまちに明けてしまう短夜の情緒のはかなさを、崩れた冷し物に形象化させた。またそのありさまは、宴の後の虚脱感や寂寥感をも代弁している。「梅が香」の巻の歌仙には「終宵《よもすがら》尼の持病を押へける　野坡／こんにやくばかり残る名月　芭蕉」という俳味ある付合が見られるが、この句はより情緒的で、感覚が細やかである。**季語＝夏の夜（夏）**

17日

旅人の心にも似よ椎の花

『続猿蓑』

「許六が木曾路に赴く時」と前書。木曾路を通って彦根へ帰国する旅人・許六の心に倣い、椎の花よ、慎ましくひっそりと咲くがよい、という句意。椎の花に呼びかける形をとりつつ、実は許六へのメッセージになっている。椎の花のように慎ましく侘びた旅をせよ、と伝えているのである。普通は賞美されるのことのない、黄淡色で目立たない椎の花を、あえて見ならえと言ったところが見所。「椎の花の心にも似よ木曾の旅」と直接的な教訓調だった初案に比べ、詩としてのふくよかさが増した。季語＝椎の花（夏）

18日

清滝《きよたき》の水汲ませてやところてん

『泊船集』

清滝川の清く澄んだ水を汲んできて冷やしたのだろうか、この心太のなんと冷たく旨いことだろう。「清滝」は嵐山の上流を流れる清滝川のこと。見所は「清滝」の「清」の一字である。この一字が、汲んできた水の清冽さを伝え、さらには、心太の透明感までも言いとめている。まるで清滝の清流が、心太となってそのまま膳に供されたかのように。嵯峨在住の弟子・野明の館に招かれて詠んだもの。その土地の名称を生かしつつ、亭主のもてなしに謝した、当意即妙の挨拶句である。季語＝心太（夏）

7月

19日

水《み》無《なづき》月や鯛はあれども塩《しほ》鯨《くぢら》

『葛の松原』

塩鯨は、鯨の皮付きの脂肪を塩漬けにしたもの。薄く切ったものに熱湯をかけ、縮んだところを冷やして酢味噌で食べる。江戸時代の庶民的な料理である。一方、鯛は当時から高級魚。時代は下るが、横井也有も「この魚をもて調味の最上とせむに咎あるべからず」(『鶉衣』)と、最高の魚に位置づけている。しかし、食欲の衰える酷暑の水無月には、美味な鯛よりもさっぱりした塩鯨こそふさわしい。塩鯨の風味との調和を指摘することで、水無月独特の季節感を表している。季語＝塩鯨・水無月(夏)

20日

夏の月御《ご》油《ゆ》より出でて赤《あか》坂《さか》や

『俳諧向之岡』

御油と赤坂の宿駅の間は、東海道五十三次の中でも最も短い。そのことと、夏は月の出から月の入りまでの短いことを掛けた句作りである。ただし、それだけの句であったら、二十年後芭蕉みずから「今もほのめかすべき一句」(『涼み石』)として挙げたりはしないだろう。芥川龍之介はこの句について、「リブレットオ(台本)よりもスコアア(楽譜)のすぐれてゐる句」と内容よりも音調に特長を見出している(『芭蕉雑記』)。下五の「や」の不安定な感じが、短夜の儚さとよく合っていることも見逃せない。季語＝夏の月(夏)

21日

此《こ》の螢田《た》毎《ごと》の月にくらべみん

『三つの顔』

瀬田の螢谷での吟。「田毎の月」とは、信州姨捨山の山腹に作られた無数の棚田の一つ一つに月が映っている様をいう。この夥しい螢の光を、今年の秋訪れる姨捨山の「田毎の月」と見比べてみたい、という句意。あえて「此の螢」と言うことで、作者の実感であることを強調し、詠嘆の心を打ち出している。「くらべみん」としているのはポーズであり、比較すること自体が目的ではない。眼前の螢の光と、空想の中の田毎の月、それぞれのイメージが重なり合い、融合する幻想性にこそ、この句の見所はある。季語＝螢（夏）

22日

結《むす》ぶより早《はや》歯にひびく泉かな

『新撰都曲』

日盛りを歩いてきた渇きを癒やそうと、泉に手を差し入れ、水を掬う。するとその冷たさが、口に入れるよりも早く、指から歯に伝わってきて、じいんと響くようだというのである。「〜よりはや」という表現が、感覚の伝わる早さを言いあて、そのことで泉の冷たさがより際立ってくる。冷たさの感覚を「歯」によって感じ取ったところが独特で、芭蕉の感覚表現の巧みさを証明する一句である。「衰ひや歯に喰ひあてし海苔の砂」（『己が光』）という句もあり、芭蕉は老いの兆しを「歯」によって感じ取っていたようだ。季語＝泉（夏）

23日

皿《さら》鉢《ばち》もほのかに闇の宵涼み

『其便』

縁側に出て、夕風に涼む。ふと座敷を振り返ると、夕食の名残の皿や鉢が、散らかったままになっている。夕闇にぼんやりと浮かび上がるその白さに、宵涼みの気分はいっそう深まるのである。食べ散らかした皿や鉢は、見苦しいものであるはず。しかし、あえてその白さをクローズアップすることで、日常身辺の、意外なところに涼感を見出した。涼しさとは、ふつう、肌によって得られる感覚とされているが、触れることなく、視覚的な把握で涼しさを感じとることもある。この句はその好例。季語＝宵涼み（夏）

24日

撞《つき》鐘《がね》もひびくやうなり蟬の声

『笈日記』

「稲葉山」と前書。耳を聾するばかりの蟬しぐれと共鳴し、寺の撞鐘は鳴りださんばかり、というのだ。六月二十八日に紹介した「閑さや岩にしみ入る蟬の声」（『おくのほそ道』）と好一対をなすような句である。「閑さや」の句が、響き渡る蟬声の中にふと生じた閑寂を言っているのに対し、この句は蟬声の喧しさを正面から詠んでいる。また、まるで液体のように岩にしみ入ってゆく蟬声と、撞鐘を強く揺さぶる力強い蟬声とは、対照的だ。同じ題材を扱っても、このように違ってくる芭蕉の詩的感性の豊かさを思う。

季語＝蟬の声（夏）

25日

郭公《ほととぎす》声横たふや水の上

『藤の実』

夜更けの川辺に響き渡ったほととぎすの声、その余韻が川面に横たわっている、というのである。「横たふ」という措辞によって、まるで声が容《かたち》を持っているかのように描かれ、その柔らかさと広がりが言いとめられている。元禄六年四月二十九日付の荊口宛の真蹟書簡によれば、蘇東坡の詩「前赤壁賦」の一節をふまえての作という。曰く「白露《はくろ》江に横たはり、水光天に接す」。「白露」とは、水蒸気のこと。川面にたちこめる水蒸気を、ほととぎすの声の余韻に見替え、さらに独自の視点を加えることで、俳諧としたのである。季語＝時鳥（夏）

26日

城《しろ》跡《あと》や古井の清《し》水《みづ》まづ訪《と》はん

「真蹟懐紙」

「城跡」とは、斎藤道三や織田信長が嘗て居城とした岐阜城の跡のこと。やっと辿り着いた頂上の城跡、まずは武将たちの興亡を偲ぶべきところであるが、何より今は渇いた喉を潤したい。さて、滾々と清水湧く古井の井戸はどこだろう——といった句意。ユーモアと、炎暑の季節感、それから当地へ招いてくれた亭主への挨拶の心も添えられている。古人を追想することを、蔑ろにしているわけではない。「古井の清水」で涼むことによって、感覚を通じた古人とのより深い繋がりを求めているのだ。季語＝清水（夏）

27日

清滝や波に散り込む青松葉

『笈日記』

瞬間、強い風が吹いた。清滝の渓流に、細かな松の青葉がはらはらと降り散る。何とも涼しげな光景だ。「散り込む」といったところに、繊細な観察が冴えている。清流に紛れては消えてゆく青松葉のイメージが鮮やかだ。初案は中七下五が「波に塵なき夏の月」であったが、旧作「白菊の目に立てて見る塵もなし」と表現が類似していたために、死の三日前に推敲し、改めている。芭蕉はこれを「妄執」と語っている。この句そのものは、透徹した心境のうかがえる、涼しげな風景詠となっている。季語＝松葉散る（夏）

28日

朝露によごれて涼し瓜の土

『続猿蓑』

朝露に濡れた瓜畑。泥の付いた真桑瓜が、いかにも清爽な感じを与える。「よごれて涼し」という、矛盾を含みつつ真実を言い当てた措辞がみごとだ。ただの汚れというのではなく、「朝露」による「泥」で汚れているのだから、「涼し」という把握にも納得がいく。また、なめらかでみずみずしい瓜の肌も髣髴としてくる。中七できっぱりと切れる語調の張りも快い。初案の中七下五は「撫でて涼しき瓜の土」。撫でたり、じっくりと見たり。芭蕉が、身体感覚を自在に働かせて句を詠んでいたことがわかる。季語＝涼し（夏）

29日

草の葉を落つるより飛ぶ螢哉

『いつを昔』

しなやかな夏草の葉にとまっている、一匹の螢。ふと零れ落ちるやいなや、たちまち夜空へと飛び立っていった。「落つるより飛ぶ」という表現が、瞬間的な螢の動きをよく捉えている。「螢」という季語の本意である「内に有る思ひの外に顕れる心」（『俳諧雅楽集』）が意識されていない点で、当時の螢の句としては異質。螢の情緒を謳いあげる代わりに、螢そのものを凝視し、正確に捉えようとする態度がうかがえる。近代的な写生風の句といえるだろう。季語＝螢（夏）

30日

昼顔に米《こめ》搗《つ》き涼むあはれなり

『続の原』

「米搗き」は、商家などで精米を請け負った、出稼ぎの日雇い労働者のこと。昼顔の咲く垣根の傍らで、汗を拭きふき涼をとっている米搗きの姿に、哀感を誘われたのである。芭蕉はこの句を作った二年前、「帰雁《かへるかり》米つきも古里《ふるさと》やおもふ」（『田舎之句合』）という其角の句を評し、「米つき古郷をしたふ、哀深からぬにはあらざれども」と述べている。「昼顔」の本意もまた、「頼ミなき心　里遠き気味」（『俳諧雅楽集』）。この句の米搗きの男は、昼顔のほとりで涼みながら、遠い故郷を思っているのだろう。その姿に、芭蕉は、故郷から遠く離れた自身を重ねているのかもしれない。季語＝昼顔（夏）

31日

酔うて寝ん撫子《なでしこ》咲ける石の上

「真蹟短冊」

「納涼」と前書。撫子は、おそらく川のほとりに咲く「河原撫子」だろう。炎天の下で、けなげに咲くさまが印象的な花である。そんな可憐な撫子の咲くかたわらに、酔った勢いで寝転んでみたい、という句意。「酔うて寝ん」という大胆な打ち出しがこの句の見所だ。とはいえ、実際に河原の石の上に寝転ぼうとしているわけではなく、そういうことによって、河原の涼しさと心地よさを伝えているわけである。一句の口吻が、どことなく酔漢の軽口ふうであるところも、とぼけた可笑しみを生んでいる。

季語＝撫子（夏）

八月

1日

秋近き心の寄るや四畳半

『鳥の道』

「元禄七年六月二十一日、大津木節《ぼくせつ》庵にて」と前書。秋の近づくこの頃、寂しさに染められた連衆一人一人の心が、四畳半の空間の中で寄り添いあっている、という句意。「秋近し」と切らず、「秋近き心」と繋げたことで、秋の愁いを帯びた「心」そのものが主題であるとわかる。ふつうの感覚だったら「膝を寄せる」というべきところを、「心の寄る」としたのが、表現の妙。「心」という抽象的なものが、まるで実体を持っているかのような印象を与える。この句の場合、「四畳半」は、茶室を意味していると見てよい。季語＝秋近し（夏）

2日

さざれ蟹足這ひのぼる清水哉

『続虚栗』

さざれ蟹は小さな沢蟹のこと。おそらくは旅の途上であろう、清水に足を浸して休んでいると、なにやら脛のあたりがこそばゆい。見ると、小さな沢蟹が足を這いのぼってくるところだった。なんともかわいらしく、それでいてユーモラス。小澤實によれば清水という季語を「むすぶ」「くむ」なしで単独で用いたのは、芭蕉がはじめてという（「鷹」昭56・2）。たとえばこの句では、手の代わりに足を入れているところが眼目。沢蟹が足を這いのぼってくる感覚を通じて清水の清涼さを言いあてている。季語＝清水（夏）

3日

おもしろうてやがてかなしき鵜舟哉

「真蹟懐紙一」

「美濃の長良川にてあまたの鵜を使ふを見にゆき侍りて」と前書。水に潜って魚を呑み込む鵜の性質を利用した鵜飼は物珍しく、見ていると心躍らされる。そんな楽しさが最高潮に達したあと、しだいに忍び寄ってくる哀感。漢武帝の詩「秋風辞」の一節「歓楽極まりて哀情多し」に通じる、無常の思いを謳いあげた絶唱である。鵜舟もことごとく引き、篝火も消えてしまった後の、静かな川の暗い水面がイメージされてきて、「やがてかなしき」の述懐がしみじみと読者の胸に迫る。季語＝鵜舟（夏）

4日

白芥子《しらげし》や時雨の花と咲きつらん

『鵲尾冠』

芥子の花は、赤や紫といった、どぎつい色のものがよく知られている。それだけに、白芥子の清らかさは印象的だ。そんな白芥子は、冬の間に降った時雨が、夏になって花として転生した姿なのだ、と見た。季節の全く異なる白芥子と時雨のあいだに、感覚的な共通性が見出されている。芭蕉の想像力の豊かさを、よく知らしめる一句だ。虚構の中にも、白芥子の持つ儚い美しさが、ありありと言いとめられているのは、「時雨の花」という、ウィットが利いた巧みな措辞の効果でもあるだろう。季語＝白芥子（夏）

5日

瓜作る君があれなと夕涼み

『あつめ句』

「住みける人外《ほか》に隠れて、葎生ひ繁る古跡を訪ひて」と前書。人との交わりを絶ち、隠棲してしまった、ある旧友。瓜を作りながらゆかしく暮らしていた君が、いまここにいてくれたら、どんなに嬉しいだろう。そんな詮無いことを思いながら、夕涼みしている、という句意。旧友の無欲恬淡な人柄が、「瓜作る君」という措辞に、端的に示されている。「君があれな」の措辞は、西行の「松が根の岩田の岸の夕涼み君があれなと思ほゆるかな」(『山家集』)を心に置いたもの。友を思う、心尽くしの一句である。季語＝夕涼み・瓜(夏)

6日

牛部屋に蚊の声暗き残《ざん》暑《しょ》哉

『蕉翁句集』

蚊の声は只でさえ鬱陶しいが、秋に入った残暑の頃に聞くと、いっそうの不快感を誘う。まして、湿気が充満し、獣の臭いの立ち込める「牛部屋」である。一月二十七日に紹介した「海暮れて鴨の声ほのかに白し」と同じく、共感覚的に「声」を「暗き」と捉えた「蚊の声暗き」という措辞に、芭蕉の詩才が発揮されている。くぐもった蚊の羽音と、牛部屋の暗さ、そして作者の鬱屈した心理まで感じさせるこの措辞が、一句の詩情の源となっている。このような日常の中での詩の発見は、俳諧ならではのものといってよい。

季語＝残暑(秋)

7日

なまぐさし小菜葱《こなぎ》が上の鮠《はえ》の腸《わた》

『笈日記』

「小菜葱」はミズアオイ科の水草。晩夏から初秋にかけて、紫色の小花を咲かせる。釣り人が打ち捨てていったのか、水辺の小菜葱の葉に、鮠《ヤマベ》の骸が引っ掛かっている。その骸は暑さに腐り、はらわたを露出させ、臭いを放っている、というのだ。可憐な「小菜葱」とむくつけき「鮠の腸」との異質なもの同士の配合が、「なまぐさし」の感慨を引き立てる。『笈日記』によると、この句に残暑の趣があるとした門人・支考の評に、芭蕉が賛意を示したという。前日の句と同様、読む者の感覚に訴えかけ、残暑の季節感を生々しく表現した句である。**季語＝小菜葱の花**（秋）

8日

雨の日や世間の秋を堺町

『俳諧江戸広小路』

「堺町」は今の中央区日本橋蠣殼町の北にあった芝居町。歌舞伎や人形浄瑠璃の芝居小屋があり、大いに賑わっていた。この句は、そんな堺町の「堺」に「境」の意味を持たせ、ものさびしい秋の雨の降り続く世間とは、一線を画すように賑やかな堺町であるなあ、と興じたもの。其角の「闇の夜は吉原ばかり月夜哉」（『武蔵曲』）と似た対比構造の句である。『連歌至宝抄』に「秋の心、人により、所により、賑はしき事も御入り候へども、野山の色もかはり、物淋しく哀れなる体、秋の本意なり」とあるのを逆転させ、新しい秋の本意を言い当てた句といえる。**季語＝秋**（秋）

9日

初秋《はつあき》や海も青田の一みどり　『千鳥掛』

「鳴海眺望」と前書。海も青田も、塗りつぶされたかのようにみどり一色に染まり、どこまでも広がっている。そんなすがすがしい風景が秋の訪れを実感させるのである。実際には、「海」も「青田」もそれぞれ違う青さを持っている。しかし、その異なる青さを「一みどり」と把握したことで、青田が海まで続いているような、広大な景観をイメージさせる。それはまた、「初秋」の澄み渡った空気の感覚をよく伝えている。表現の無駄を省き、すっと心に入ってくる句になっている。鳴海の弟子・知足の亭に滞在していた折の作である。季語＝初秋（秋）

10日

ひやひやと壁を踏まへて昼寝かな　『芭蕉翁行状記』

むしむしと不快な残暑の頃、足を壁にあてながら仰向けに昼寝をしてみた。すると、足の裏から伝わってくるひやひやとした感覚に、秋の訪れを知ったのである。「秋来ぬと目にはさやかに見えねども風の音にぞ驚かれぬる　藤原敏行」（『古今集』）の歌に示されているとおり、肌にふれる風のひややかさによって秋の気配を感じ取るのが、和歌の初秋の捉え方であった。芭蕉は寝転がりながら、しかも足の裏で秋を感じ取っている。そこに俳味がある。現代の俳句はあまりにもお行儀がよくなりすぎたのでは、と感じるのは、芭蕉のこういう句に触れたときである。季語＝ひやひや（秋）

8月

11日

初秋や畳みながらの蚊帳の夜着

『西の雲』

「夜着」とは、布団のこと。秋に入り、もう使うこともないだろうと思い、部屋の隅に畳んで置いておいた蚊帳。ところが秋の夜の思わぬ冷え込みに、布団代わりにして引っかぶってしまった、というのである。「蚊帳の夜着」が何ともおかしい。日常の生活における些細なふるまいを通して、「初秋」の本意である「少し涼しくなりたる心」（『俳諧雅楽集』）が捉えられている。前日の「ひやひやと壁を踏まへて昼寝かな」の句と同じように、これも俳諧ならでの季節感の捉え方といえよう。季語＝初秋（秋）

12日

蜘《く》蛛《も》何と音《ね》をなにと鳴く秋の風

『俳諧向之岡』

秋風に吹かれて頼りなく揺れている蜘蛛よ、おまえが秋の寂しさを嘆くのだとしたら、何と鳴くのだ、と問いかけた句。蜘蛛が鳴くという発想は、『枕草子』の一節に、「蓑虫、いとあはれなり。……ちちよ、ちちよとはかなげに鳴く、いみじうあはれなり」とあることに拠る。ともに木からぶらさがるという共通点があるが、無論実際には蓑虫も蜘蛛も鳴かない。秋の寂しさを共有しようと、鳴かないものの鳴き声を聞こうとすることで、より寂しさが深まる。一種の禅問答ともいえ、たとえばアニミズム的な一茶の句とは趣が異なる。季語＝秋の風（秋）

13日

秋の夜を打崩したる咄《はなし》哉

『笈日記』

「廿一日、二日の夜は、雨もそぼ降りて静なれば」と前書。この秋雨の夜の物淋しさを、仲間たちの談笑の声が打ち崩してしまった、という句意。「秋の夜長きにはいよいよあかぬ人も候へども、暁の寝覚に心をすまし、来し方行く末の事など思ひつづけ、明けかねたるさま、もつとも候」（『連歌至宝抄』）とあるような、伝統的な秋の夜長の過ごし方をうち返している。見所は「を」の用い方である。あたかも「秋の夜」そのものが談笑によって打ち崩されたかのようにいったことで、俳諧味が出た。季語＝秋の夜（秋）

14日

旅に飽きてけふ幾日《いくか》やら秋の風

『俳諧石摺巻物』

「秋立つ日」と前書。ずいぶん長い旅をしてきて、さすがに旅に飽きはじめて何日になるだろうか。そんな折に、ふとひややかな風が吹いてきて秋の訪れを知り、旅の日数の長かったことをしみじみと感じた、というのである。「こころなく力のぬけたる味」（『俳諧雅楽集』）という秋の風の本意のとおり、虚脱したような感覚が詠われている。果ても見えない旅に暮らす倦怠感を「飽きて」と率直に表現した。芭蕉はこの句を詠んだ元禄元年の前年十月に江戸を立ち、故郷の伊賀上野や伊勢、吉野や京に至る旅をしている。季語＝秋の風（秋）

8月

15日

玉祭り今日も焼場の煙哉

『蕉翁句集』

「木曾塚草庵、墓所《むしょ》近き心」と前書。先祖の霊が帰ってくる盂蘭盆の今日にも、また誰かが死んだらしい。その証に、焼き場から荼毘の煙が立っている、というのである。どんなときにも死者の絶えることとない人の世の無常を嘆じた句である。いささか知的なアイロニーが勝っているが、無常観を「焼場の煙」によって即物的に表現したところが眼目だ。季語＝玉祭（秋）

16日

家はみな杖に白髪の墓参り

『続猿蓑』

家の者はみな年老い、杖をついて白髪頭での墓参りとなった、との句意。「杖」や「白髪」といった道具や特徴を提示することで、比喩的に老年者たちの姿を描き出した。「墓参り」の句でありながら情緒に流されず、自分たちを客観視することで、仄かなおかしみすら漂わせている。むしろ、そのおかしみが哀切さを深めているのだ。大津に滞在していたところに郷里の兄の手紙を受け、伊賀に戻ってともに墓参りをしたときの句。高齢化の進んだ現代の日本では、しばしば見られそうな光景だろう。季語＝墓参り（秋）

17日

数ならぬ身となな思ひそ玉祭

『有磯海』

「尼寿貞が身まかりけると聞きて」と前書。けして幸せだったとはいえないお前の人生ではあるが、生きている甲斐のなかった、つまらない存在だとはどうか思わないでほしい。玉祭の今日、心を尽して祀るから……と、哀切な思いを謳いあげた一句。寿貞が芭蕉の若い頃の妾であったという説の真偽はさておき、「な思ひそ」という強い禁止表現の中にかりそめではない哀悼の意が迸っていて胸を打つ。寿貞は元禄七年六月、芭蕉庵で亡くなる。この句はその同年の作である。季語＝玉祭（秋）

18日

花木槿《むくげ》裸《はだか》童《わらは》のかざし哉

「真蹟画賛」

古の大宮人は桜をかざしにしたというけれど、この田舎になぞらえていえば、裸の子どもが花木槿をかざしているといったところか、という句意。「百敷の大宮人は暇あれや桜かざして今日も暮しつ　山部赤人」（『新古今集』）の歌を下敷きに、「宮人」と「桜」の関係を「裸童」と「花木槿」の関係へ俳諧化した。古典的な美を背景にしながら、俳諧ならではの鄙の美を探った一つの典型的な例といえる。画賛の句ながら、木槿の咲く残暑のころの季節感はなまなましく伝わってくる。季語＝花木槿（秋）

19日

朝顔に我は飯食ふ男哉

『虚栗』

朝顔を眺めながら朝飯を食べる、私はそんな平凡な男なのですよ、との句意。前書「角ガ蛍ノ句ニ和ス」のとおり、弟子其角の「草の戸に我は蓼食ふ蛍かな」の句に呼応した句。草庵で粗末な暮らしをしながら夜更しして蛍など賞美している私は、諺にいう「蓼食う虫もすきずき」ではないが、酔狂な「蓼食ふ蛍」といったところでしょうか、という其角の句に同調しつつ、芭蕉は早起きの慎ましい暮らしにこそ俳諧があるのだ、と返した。戯れのうちにも、それぞれの俳諧観にかかわる真剣な応酬がある。**季語＝朝顔（秋）**

20日

秋《しう》海《かい》棠《だう》西《すいくわ》瓜の色に咲きにけり

『東西夜話』

秋海棠の花の淡いピンク色は、西瓜の実の色を思わせる、という句意。秋海棠と西瓜、一見何の関わりもない二つが、色合いの似ていることをきっかけに結びつき、初秋の清らかな季節感を演出している。秋海棠の原産は中国で、日本へは寛永年間に長崎に渡来、西瓜もほぼ同時期に舶来しており、新奇な素材ふたつを取合せた清新さも見所である。『東西夜話』によれば、芭蕉は秋海棠があまり句に詠まれないものであることを指摘しつつ、「誠に花の色は洗はば落ぬべき也」とその風情を評したという。**季語＝秋海棠（秋）**

21日

朝顔は下手の書くさへあはれなり

『いつを昔』

「嵐雪が描きしに、賛望みければ」と前書。下手が描いてもなお哀れに見えてしまうほど、朝顔という花は哀れ深いのだ、という句意。屈折した表現によって朝顔の儚さと可憐さを表出した。「下手の書くさへ」から、気の置けない師弟関係が分かる。『俳諧雅楽集』は朝顔の本意について「覚束なき心」「又めでたくもあるべし」と述べている。この句の「あはれ」には、時を待たずに萎れてしまう儚さを惜しむというだけではなく、花そのものの美しさを愛でる心も込められているのだろう。ひいては、そうした朝顔の本意を逃さなかった嵐雪の素朴な絵心をむしろ良しとしているのである。季語＝朝顔（秋）

22日

朝顔や昼は鎖《ぢやう》おろす門の垣

「真蹟自画賛」

「元禄癸酉の秋、人に倦んで閉関す」と前書。朝には朝顔が咲いていた垣根の門も、昼の間は錠を下ろしてしまう、という句意。世俗との交わりを絶ち、朝顔の清らかさを友にして暮らそうというのだ。閉ざされた門のイメージに、昼には花を閉ざしてしまう朝顔のイメージが重なってくる。芭蕉は健康上の理由で、元禄六年七月中旬から約一ヶ月間に渡って閉関した。同時期に「蕣《あさがほ》や是も又我が友ならず」（『今日の昔』）とも詠んでおり、隠の思想と人なつかしさのあいだで揺れる芭蕉の心情が垣間見える。季語＝朝顔（秋）

23日

初茸やまだ日数経《へ》ぬ秋の露

『芭蕉庵小文庫』

秋になってまだ間もないのに、もう初茸が生えている。はや露を浴びて光る、そのういういしさに心を惹かれたのである。「まだ日数経ぬ」は掛詞のように働いて、「初茸」と「秋の露」の両方に掛かり、初秋の松林の清爽さを実感させている。万物の凋落のはじまる初秋という季節は、多くの詩歌に情緒豊かに詠まれてきた。この句にみられる芭蕉の初秋の感じ方は、より日常的で、その中に秋の情緒を探ろうとしているところが特徴的だ。深川の岱水亭にて巻かれた五吟歌仙の発句である。**季語＝初茸・秋・露（秋）**

24日

秋風の吹けども青し栗の毬《いが》

『木がらし』

秋風の立つころ、果実や木の実は熟し、草葉の色も変わりはじめる。栗の実も例外ではなく、秋には毬が色づき、やがて、まるで笑むかのように割れてその実を覗かせる。ところがこの句の注目しているのは、秋風の頃にもなってなお初々しい緑色を留めている栗である。万物の衰え始める初秋に、生命力を象徴する一点の「青さ」を捉えたところに、新鮮な発見がある。「吹けども青しといふ所にて句とはなして置きたり」（『三冊子』）と芭蕉自身が述べているとおり、この逆説の表現が季節のはざまを巧みに言いとめている。**季語＝秋風（秋）**

25日

秋の色糠《ぬか》味《み》噌《そ》壺《つぼ》もなかりけり

『柞原集』

「庵に掛けんとて、句空が書かせける兼好の絵に」と前書。弟子の句空が自らの庵に掛けようと絵師に描かせた軸の絵に、画賛を求められた芭蕉は、この句を作った。兼好は「後世を思はん者は糂汰瓶《じんだがめ》一つも持つまじきことなり」と言ったが、そのとおり糠味噌壺の描かれていないこの絵はこの上なく清澄で、秋の景色そのもののようだ、という句意。「糠味噌壺」は「糂汰瓶」と同義だが、より日常的な名称。「秋の色」は「寂しさはその色としもなかりけり槙立つ山の秋の夕暮　寂蓮」（『新古今集』）をふまえた表現。一切放下《ほうか》の庵のありようをよく伝えている。季語＝秋の色（秋）

26日

あの雲は稲妻を待つたより哉

『阿羅野』

はるかに現れた黒雲。今にも稲妻を走らせそうなその雲を手がかりとして閃光を待とう、という句意。稲妻は妻という字によせて、しばしば擬人化されて詠まれてきた。この句も「妻」から「待つ」「たより」と恋絡みの言葉を引き出してきた趣向だ。「待つ」は、豊年の予兆としての稲妻を待つ意味も背後に利かせている。「端居門涼みの即興ともみるべし」（遅日庵杜哉『芭蕉翁発句蒙引』寛政十二年自跋）と古注にあるように、軽妙な機知によって、夕涼みを楽しむ心がよく出ている。季語＝稲妻（秋）

8月

27日

一《ひとつ》家《や》に遊女も寝たり萩と月

『おくのほそ道』

市振りの章に付された一句。偶々遊女と同宿した今夜、外を見れば地に萩が咲き、空には月がかかっている、という句意。萩は遊女、月は芭蕉自身を象徴している。この句においての「月」は、仏教でいう真如の月の意味合いを持つ。すなわち、人々の煩悩を晴らすような光の喩えだ。真如の月のようにありたいという願いが「萩と月」にこめられている。「萩に月」ではなく「萩と月」であることも注意したい。天地を包みこむ雄大なイメージが、このたった五音の措辞から広がっていく。季語＝萩・月（秋）

28日

早《わ》稲《せ》の香《か》や分け入る右は有《あり》磯《そ》海《うみ》

『おくのほそ道』

一面に広がる早稲の田を進んでいくと、右手の方に真っ青な有磯海の眺望がひらけてきた、という句意。『おくのほそ道』によれば、越中から加賀に至るあたりで詠まれたようだ。この句がどこで詠まれたかが従来争点となっている。国境の倶利伽羅峠と考えるのが妥当であるが、むしろこの句においてはみずみずしい早稲の香りと紺碧の海とのモンタージュが眼目であり、眼前の景と考える必要は必ずしもない。「早稲の香」と視覚的な「有磯海」の青さが交響し、句から爽快な風が吹いてくるようだ。季語＝早稲（秋）

29日

野ざらしを心に風のしむ身哉

『野ざらし紀行』

「貞享甲子秋八月、江上の破屋を出づるほど、風の声そぞろ寒げなり」と前文にある。何の用意もない旅をはじめるにあたっては、路傍に果てて白骨となる覚悟であるが、やはり体に沁みとおってくる秋風の肌寒さはどうしようもない、というのである。紀行文『野ざらし紀行』の冒頭に置かれた句であり、実際の出立吟でもある。「心に」は掛詞として上下に掛かり、ここに尾形仂は「観念と感覚の割れ目」を見ている（『野ざらし紀行評釈』平10）。決意の一方で肉体は肌寒さを感じている、そんな落差が、旅立ちに際しての複雑な心境をありありと伝えている。季語＝身にしむ（秋）

30日

秋十年《とせ》却って江戸を指す故郷

『野ざらし紀行』

江戸を立って間もなくの感慨を盛った句。十年にも及ぶ長い間江戸に住んでみると、むしろ江戸の方が故郷と呼ぶにふさわしいように思えてくる、というのである。唐の賈島の「桑乾ニ渡ル」の詩中、「客舎并州已ニ十霜、……却テ并州ヲ指ス是レ故郷ト」（『聯珠詩格』第三）をふまえたもの。仮寓の地であった并州も、さらに遠征させられる身となっては、かえって故郷のように思われる、というのが賈島の詩の大意。芭蕉の句はこの悲壮感溢れる詩を翻案したもの。畳み掛けるように短い語を連ねることで、軽妙さも感じられるように俳諧らしく仕立てた。季語＝秋（秋）

霧時雨富士を見ぬ日ぞ面白き　『野ざらし紀行』

前文に「関越ゆる日は雨降りて、山みな雲に隠れたり」とある。立ち込めた霧が時雨のように視界を遮り、富士の姿は見えないが、その方がかえって情趣を掻き立てられる、という句意。前文の「関」とは箱根の関のこと。絶好の眺望を逸したことは、本来は悔やまれるはず。そこを「面白き」と覆したのは、「花は盛りに、月はくまなきをのみ見るものかは」(『徒然草』)にみられるような、不完全に美を求める中世的な美意識を髣髴とさせる。もっとも、「をかし」でも「あはれ」でもない「面白き」で、弾んだ調子を出したところはまぎれもなく俳諧。季語＝霧時雨(秋)

九月

1日

猿を聞く人捨子に秋の風いかに

『野ざらし紀行』

前文に「富士川のほとりを行くに三つばかりなる捨子の哀れげに泣くあり」とある。猿の鳴き声を哀切と聞いてきた古の詩人たちよ、捨てられた赤子に寒々しい秋風が吹いている、この凄まじいまでの現実をどう思われるのですか、という句意。「猿ヲ聞キテ実ニ下ル三声ノ涙」（『杜律集解』下）と詠った杜甫をはじめとする、古の詩人へのアンチテーゼととることもできるが、「いかに」という呼びかけには、そうした古人に同調しつつも、なお哀切なものとして捨子の存在を訴えかけている趣がある。季語＝秋の風（秋）

2日

道の辺の木槿《むくげ》は馬に喰はれけり

『野ざらし紀行』

「馬上吟」と前書。馬に乗っての道中、道端の垣根に咲いた木槿の花に目がとまった。するとたちまち、その木槿はぱくりと馬に食べられてしまった、というのである。芭蕉の友人・山口素堂は『野ざらし紀行』の序文で「この吟行の秀逸」と賞賛している。貞門・談林の言葉遊びや、漢文調の詰屈な表現から脱皮した純粋な自然観照の句と評されているが、「槿花一日の栄」や「出る杭は打たれる」といった俚諺も背後に匂わせている。こうした訓話性も俳諧を読む楽しみの一つ。ただの写生句としてしまってはつまらない。季語＝木槿（秋）

3日

馬に寝て残夢《ざんむ》月遠し茶の煙《けぶり》

『野ざらし紀行』

前文に「杜牧が早行の残夢、小夜の中山に至りて忽ち驚く」とある。朝早く旅立ち、夢見心地で馬に揺られていくと、有明の月が遠くの山の端にかかり、家々は茶を沸かす煙をあげている、というのである。杜牧の詩「早行」の一節、「鞭ヲ垂レ馬ニ信《まか》セテ行ク、数里イマダ鶏鳴ナラズ、林下残夢ヲ帯ビ、葉ノ飛ブ時忽チ驚ク」(『樊川集』)の世界を借りたもの。『三冊子』に「この句、古人の詞を前書になして風情を照らすなり」とある通り、前書によって生きる句。実景としての旅立ちの情景が、漢詩の風格をまとって一句の上に立ち現れてくるのだ。季語＝月（秋）

4日

芋洗ふ女西行ならば歌よまん

『野ざらし紀行』

「西行谷の麓に流れあり。女どもの芋洗ふを見るに」と前文。谷川で女たちが芋を洗っている。もしここに西行がいたならば、きっと歌を詠みかけるだろう、という句意。江口の里で宿の主人である遊女に宿泊を断られた西行が、「世の中を厭ふまでこそ難からめ仮りの宿りを惜しむ君かな」の歌を詠んだところ、遊女は巧みに返歌して西行を諭した、という逸話をふまえている。江口の遊女を「芋洗ふ女」に見替えたおかしさもさることながら、西行の名を出すことで、平俗の女たちを風雅の文脈に引き上げた点が見所。

季語＝芋（秋）

5日

塚も動けわが泣く声は秋の風

『おくのほそ道』

慟哭するわが声は、秋風となって墓を吹きめぐる。その悲嘆の声に応え、死者の魂よ、塚も動くばかりに応えてくれと、直情的に訴えかけた句。金沢の若き俳人・一笑の追悼会で詠まれた。俳文学者の上野洋三は、この句の「も」は、実現不可能とわかっていながらも希求せざるをえない思いの表明に用いられていると指摘する（「『も』考」、『芭蕉論』昭63）。昭和の俳人秋元不死男の「俳句もの説」で斥けられた主観的な感情表出は、芭蕉のこの句においては、むしろ大きな魅力となっている。季語＝秋の風（秋）

6日

秋涼し手《て》毎《ごと》にむけや瓜《うり》茄子《なすび》

『おくのほそ道』

さあみんなでこのみずみずしい採れたての瓜や茄子を剝いて、残暑の中に一抹の涼しさを呼び込もうではないか、といった句意。「し」と「や」、一句に切字が二か所使われている、いわゆる〝二字切れ〟の句である。現代俳句では一般に忌避されるかたちだが、この句の場合、会話調の即興的な内容と、二字切れのリズムとが、よく調和している。「瓜茄子」は一語で真桑瓜であるとの説もあるが、ここもリズムの問題から「瓜・茄子」の意と取るべきだろう。金沢にて、斎藤一泉の庵での句会に招かれての一句。季語＝秋涼し（秋）

7日

名月や門に指し来る潮頭《しほがしら》

「真蹟短冊」

名月の今宵、折りしも満潮を迎えた海の波が、庵の門近くまで寄せている、という句意。「門に指し来る」は誇張もあるが、芭蕉庵は隅田川とつながる小名木川沿いにあったから、実感でもあるだろう。井上弘美は、この「名月や」の「や」に注目し、名月のイメージをくっきりと提示する働きが「や」の切字にあることを説いている（「芭蕉句、切れの構造――川本皓嗣の「切字論」の検証を通して」、「連歌俳諧研究」一〇九号）。また、上五の「や」に対して末尾を体言で止めたこと――しかも「潮頭」という力強い響きの語によって締めくくったことで、格調高い叙景句となっている。季語＝名月（秋）

8日

三井寺《みいでら》の門敲《たた》かばや今日の月

「真蹟懐紙」

膳所義仲寺無名庵での作。月に縁の深い三井寺の門を、月見の興に任せて敲いてみよう、との句意。「門敲かばや」は、唐の詩人賈島の著名な詩句「鳥ハ宿ス池中ノ樹、僧ハ敲ク月下ノ門」に由来。三井寺は湖水の月見の名所であったから、「三井寺」と「今日の月」の取合せ自体は目新しいものではない。『去来抄』には「発句は廓（高柳注・題からの連想の範囲）の内に無き物にあらず、殊に即興感偶するもの、多くは内也」という去来の言がある。連想の近いものを取り合わせることで月の情感が倍増されているのだ。季語＝今日の月（秋）

9日

菊の香や奈良には古き仏たち

「杉風宛真蹟書簡」

奈良には、菊の花の清雅な香にふさわしい蒼古たる仏たちが鎮座ましましている、という句意。九月九日、奈良にて重陽の節句を迎えた際の作である。俳諧における菊の香の本意である「昔しなつかしき心」（『俳諧雅楽集』）を生かした句。典型的な取合せの句といえるが、現代俳句でいうところの二物衝撃よりも、もっと内に秘めた情感を重んじている。その発想のもとには、菊が時雨や霜のために色褪せる姿と、剝落する仏像のイメージとの、響き合いがあっただろう。季語＝菊の香（秋）

10日

草の戸や日暮れてくれし菊の酒

『笈日記』

前文に「九月九日、乙州が一樽を携へ来りけるに」。重陽には長寿を願って菊の香を移した酒を飲む習慣があった。乙州の厚意のおかげで、いっぱしの菊の祝いができることになった芭蕉。だが、そこはやはり風狂の徒、普通は朝から祝うものである菊の酒を、日暮に祝うことになった偶然に興じているのである。ここには、世間と隔絶した草庵暮らしの侘しさがあるが、むしろ侘びに徹することで侘びを楽しもうとしているのではないか。「菊の酒」の本意は「むつまじきこころ」（『俳諧雅楽集』）にある。贈り贈られることで生まれる人との絆。侘びがもたらす豊かさもあるのだ。季語＝菊の酒（秋）

11日

名月や池をめぐりて夜もすがら

『あつめ句』

今宵は名月、興にまかせて池辺をめぐっていると、一晩中でもこうして月を仰ぎつつ歩き続けていたいと思えるほどだ、というのである。門人とともに芭蕉庵で月見の会を催したときの作。「夜もすがら」は月見への思い入れを誇張して表現したもの。李白の詩「月下独酌」に「我歌へば月は徘徊」という一節があるように、名月そのものが池をめぐっているイメージも背後に潜む。芭蕉の月の句は、傍題なども含めると全体の三十パーセント近くに及ぶ。芭蕉の誕生日は八月十五日という俗説が生じたのも、この芭蕉の月への執心に拠る。

季語＝名月（秋）

12日

名月に麓の霧や田の曇り

『続猿蓑』

今宵は名月だというのに、山の麓には霧が棚引き、田は曇って隠れるばかり、という句意。麓も田も遥かから眺められており、近代的な遠近法では説明のつかない画面構成である。たとえば、飯田蛇笏の「芋の露連山影を正しうす」と比べて、遠近の対比が明確ではない。土芳本『芭蕉翁全伝』には、この句の以下に「名月の花かと見えて綿畠」「今宵誰吉野の月も十六里」と続く。いずれも俳諧における月の本意であるところの「世界に満たる豊なる心」（『俳諧雅楽集』）をふまえた、大らかな情景演出が魅力である。

季語＝名月（秋）

13日

月はやし梢は雨を持ちながら

『鹿島詣』

雨上がりの雲が月の面をすばやく過《よ》ぎり、まるで月が走っているかのよう。そんな月を背景にして、梢には雨雫が連なっている、というのである。「月はやし」によって、本来は静的なはずの月を動的に表現した。また、梢に雨雫がついていることを「雨を持つ」と擬人法的に表現したところも見所で、生き生きとした動きのある情景となっている。流れゆく時間の中で変化してやまない自然の姿を、高い美意識に基づいて切り取った、鏤骨の一句である。季語＝月（秋）

14日

月いづく鐘は沈める海の底

『俳諧四幅対』

『俳諧四幅対』の前書は、沈鐘伝説のある鐘ヶ崎で詠まれた句であることを伝えている。今宵、月が見えないのは、どこに行ってしまったというのだろうか――もしや、釣鐘が沈んでいるという、この海の底であろうか、といった句意。はるかな天空から海の底へ、ダイナミックな視点の転換に魅了される一句。見えない月と、失われた鐘とが、表面上の意味を超えたところで響き合っている。そこには、ロマンの香気すら感じられる。前日の句と同じく、無月の夜の感慨を詠ったものである。季語＝月（秋）

15日

十六夜や海老《えび》煎《い》るほどの宵の闇

『笈日記』

日が没してから、待つ間もなく月の出を迎える十六夜の夜、月の出までの短い間に、主人がもてなしのために海老を煮てくれた、そんな宵闇の情趣を詠《うた》った句。月見の宴を設けてくれた堅田の門人・成秀への挨拶である。海老はさっと茹で上がるものであり、「海老煎るほどの」によって、月の出までの短さを機知的に表現した。芝居や音楽のはじまる前、照明を落とした闇の中で、期待感がいっそう高まってゆくように、この句の「宵の闇」は、月見を前にした胸の高鳴りを伝えている。季語＝十六夜（秋）

16日

あかあかと日は難面《つれな》くも秋の風

『おくのほそ道』

真蹟竪幅の前書は「旅愁慰めかねて、物憂き秋もやや至れりぬれば、さすがに目に見えぬ風のおとづれもいとど悲しげなるに、残暑なほやまざりければ」。もう秋風の吹く頃だというのに、残暑の夕日が照りつけてくる、何ともつれないことだ、といった句意。『古今集』の著名歌「秋きぬと目にはさやかに見えねども風の音にぞ驚かれぬる」を念頭に置いた句であることは、前書からあきらか。「あかあかと」を〝明々と〟の意と取るか〝赤々と〟と取るかで解釈が分かれてきたが、秋の太陽のものとは思えない程の光量を感じさせるのは、前者の方だろう。季語＝秋の風（秋）

17日

月見する座に美しき顔もなし

『夕顔の歌』

「古寺翫月《ぐわんげつ》」と題する。煌々と輝く名月、それに引きかえ、月見に集った諸君の顔立ちは、どれもこれもぱっとしないなあ、というのである。「美しき顔もなし」は、和歌的優美に準じない俳諧の道を共にする門人たちへの、興を交えての賛辞。「月見」の本意「人情興ずる心」（『俳諧雅楽集』）に適った句といえる。『初蝉』によれば、成案に至るまで主題や表現を二転三転している。この平明さは、入念な推敲ののちに得られたものなのだ。季語＝月見（秋）

18日

賤《しづ》の子や稲摺りかけて月を見る

『鹿島詣』

農家の子が、籾すりの仕事の小休止に、窓から差し込む月光を仰いでいる、という情景である。貴族による優雅な宴であった「月見」。だが農家の子が仕事の合間に月を眺めるのもまた、趣ある月見ではないか、と読者に提案しているような句だ。「稲摺り」は籾すりのこと。七部集『冬の日』の歌仙に「日のちりぢりに野に米を刈る　正平」という付句があるが、この「米を刈る」と同様、「稲摺り」も歌の詞では見られない、意表を衝いた言い回し。月見の古典的な情趣を大胆にうち返した一句といえる。季語＝月見（秋）

19日

安々と出ていざよふ月の雲

『芭蕉庵小文庫』

月がいざよう（ためらう）ようにして出てくることから十六夜というが、今日の十六夜の月は、思いがけなくやすやすと出てきた。ところが宙天で雲に隠れてなかなか出てこない、というのである。月の出にいざようのではなく、空に上がってから雲隠れにいざよっているという着想に、おかしみがある。弟子とともに琵琶湖に舟で繰り出し、堅田に至った折の作。芭蕉は十四日から十六日まで、三夜連続で月見をしているから（俳文『いざよひ』に拠る）、十五夜の印象との違いは強く実感されたのだろう。**季語＝いざよふ月（秋）**

20日

青くてもあるべきものを唐辛子《たうがらし》

『俳諧深川』

「深川夜遊」と前書。青いままにあればよいと思うのに、唐辛子はこんなに赤々と染まってしまった、という句意。年若の門人・洒堂を芭蕉庵に迎えて巻いた歌仙の発句。洒堂ははるばる近江から江戸の深川まで俳諧修行のためにやってきていた。若い弟子の熱意をからかいつつ、賞賛しているのだ。色は変わっても唐辛子は辛いものであるように、人も本質の部分は変わらないでありたい――軽い揶揄と、重い自戒をこめた、諷喩の一句といえよう。血気盛んな若者の紅潮した頰のイメージも、どこか浮かんでくる。**季語＝唐辛子（秋）**

21日

びいと啼く尻声悲し夜の鹿

「杉風宛真蹟書簡」

『笈日記』ではこの句の前文に「その夜はすぐれて月の明らかに、鹿も声々に乱れてあはれなれば、月の三更なる頃、かの池のほとりに吟行す」とある。「奥山に紅葉踏み分け鳴く鹿の声聞く時ぞ秋は悲しき　猿丸太夫」（『古今集』）の歌にもあるように、鹿の声は深まる秋の寂寥を象徴するものであった。この句はそうした和歌伝統を意識し、「悲し」と率直に感情を表しながらも、情緒に流されてはいない。「びいと」という生々しい擬音と、「尻声」という俗語によって、俳諧ならではの鹿の声を打ち出した。**季語＝鹿（秋）**

22日

俤《おもかげ》や姥ひとり泣く月の友

『更科紀行』

前書に「姥捨山」とある。今宵、月見を共にするもの——それは、息子によって山に捨てられ、ひとり泣き暮らしたという老婆の幻影である、という句意。『国家万葉記』に「月は最上の名所」とあるとおり、当時から姥捨山は月見の名所としてよく知られていた。其角によれば、芭蕉は自身のこの句のすぐれている点について「其夜の月の天心にいたる所、人のしる事少なり」と語ったという（『雑談集』）。多くの月見人の去った夜更け、幻影のみを友とする孤独のうちに、捨てられた「姥」と心を通わせたのだ。**季語＝月（秋）**

23日

雲をりをり人をやすめる月見かな

『あつめ句』

流れる雲がときどき月の面を隠す。それはあたかも、ひたすらに月を見ている人に休む間を与えてくれているようだ、という句意。理屈では、雲が掛かったことで人間の方が月見を休むわけだが、それを逆転させ、「雲の方が休めさせてくれているのだ」と擬人化したところに、俳趣が認められる。西行の歌「なかなかに時々雲のかかるこそ月をもてなす飾りなりけれ」（『山家集』）に基づくが、芭蕉の句は月そのものよりも、雲が掛かるときくらいしか月見をやめないほどの風狂心の方に重点がある。季語＝月見（秋）

24日

川上とこの川下や月の友

『続猿蓑』

「深川の末、五本松といふ所に船をさして」と前書。川を上っていったところには、私と同じように月を仰いでいる人がいるだろう。その人もまた、風雅の心を同じくする友のようだ、という句意。「月の友」といえばふつう、その場にいて月見を共にしている者をいうのだが、ここでは川下と川上とに分かれていてもなお「月の友」なのだとしたところに、言葉を捉え直した新しさがある。五本松の地名は、小名木川の川筋大島町（現江東区大島町）の辺にあった枝振りのよい五本の松に由来する。季語＝月の友（秋）

25日

名月や北国《ほくこく》日和《びより》さだめなき

『おくのほそ道』

『おくのほそ道』の前文には、「十五日、亭主の詞にたがはず雨降る」とある。「明夜の陰晴計りがたし」と漏らした亭主の言葉を取ったものだという。今宵は名月のはず、しかし天気の変わりやすい北国の習いで、運悪く雨雲に閉ざされてしまった、という句意。楽しみにしていた敦賀の港の名月を逸してしまった無念さを詠ったもの。それは、敦賀に滞在中折々に見た月の美しさが心にあっての感慨だろう。実際に見ることができないからこそ、心の中にイメージする名月はいよいよ美しく照り輝くのだ。季語＝名月（月）

26日

ひよろひよろとなほ露けしや女郎花《をみなへし》

『更科紀行』

しとどに露に濡れ、ひょろひょろといっそうか弱く頼りない女郎花、その哀れ深い風情を詠んだ句。女郎花はその名前から女性的イメージでもって和歌に詠われてきた。一見客観的な叙景詠と見られるものにも、そのイメージがほのかな艶やかさを与えている場合が多い。俳諧で「かよわき姿」（『俳諧雅楽集』）を本意としているのも、これを踏襲しているからだ。この句もそんな本意に従いつつ、俗語調の「ひよろひよろと」という擬態語によって、俳趣ある一句となっている。季語＝女郎花（秋）

27日

義仲の寝覚めの山か月悲し

『芭蕉翁一夜十五句』

前書に「燧《ひうち》が城」とある。燧が城は、義仲が平家勢に攻められた歴史を持つ越前の古戦場。あの山は、義仲が居城とし、夜半に寝覚めて月をふり仰いだ山だろうか。いま月は、美しくも哀愁を含んで、その山を照らしている、という句意。月を頼りにして、はるかな昔へ思いを馳せた一句。「寝覚めの山か」という問いかけを含んだ表現に抒情がある。「月悲し」は、俳諧ならではの緊縮表現。月光が哀愁を帯びているという表面上の意味の背後に、それを見ている作者自身の悲しさも感じられてくる。季語＝月（秋）

28日

詠《なが》むるや江戸には稀《まれ》な山の月

『蕉翁全伝』

故郷で眺める山の月は、大都会江戸では見ることのできない、清廉な月だというのである。延宝四年六月、伊賀上野に帰郷した時の句。「山の月」は山国伊賀の情景を髣髴とさせる。和歌を詠ずる際に用いる「詠む」という語を用い、格調高く「詠むるや」と打ち出したことで、京の月にも及ぶ風情を伊賀山中の鄙の月に見出した。同時に、仮寓の地である江戸に対する愛情もうかがうことができる。その思いは、八年後、故郷への旅立の際詠んだ「秋十年却つて江戸を指す故郷」へ繫がっていく。季語＝月（秋）

29日

そのままよ月もたのまじ伊吹山

「真蹟懐紙」

「戸を開けば西に山あり、伊吹といふ。花にもよらず、雪にもよらず、ただこれ孤山の徳あり」と前書。何も付け加える必要はない、月すらもこの峻厳たる伊吹山には必要はないのだ、といった句意。「月もたのまじ」の「月」は前書の雪・花を受け、雪月花の美を暗示したもの。もっとも、月の美しさを否定しているわけではない。「たのまじ」とあえて否定しなければならないほどに、月の存在感は大きいのだ。かえってその美を強調しているといえよう。伊吹山は滋賀県と岐阜県の県境に聳える、古代からの霊峰。

季語＝月（秋）

30日

愚《ぐ》案《あん》ずるに冥《めい》途《ど》もかくや秋の暮

『俳諧向之岡』

愚意に従いますところ、死後の世界とはちょうど秋の暮のようなものではないでしょうか、といった句意。「愚案ずるに」とは漢詩の注釈書で自分の意見を述べる際の常套語で、これを発句に取り込むことでしかつめらしい調子を出し、俳味を持たせた。芭蕉初期の作で、他愛ない見立ての句ながら、秋の暮の情緒である寂寥感をきちんと押さえている点は注目される。因みに「秋の暮」は元々晩秋の意であったが、芭蕉の頃には秋の夕暮の意と並行して用いられていた。この句の場合には、後者の意で用いられている。

季語＝秋の暮（秋）

十月

1日

松茸や知らぬ木の葉のへばり付く

『続猿蓑』

名も知らない木の葉が松茸にべったりとへばり付いている、といった句意。松茸は古代から秋の香の代表的なものとして詠まれてきたが、この句はしっとりと湿った松茸の肌の感覚を伝えている点が見所。冷え冷えと澄みわたった林の中を髣髴とさせる。佐藤和夫によれば、「知らぬ木の葉」は、伊賀にいた芭蕉のもとに、支考とともに訪ねてきた初見の斗従という俳人を指すとされる（「芭蕉作〈まつ茸や〉の句について」、「春雷」昭58・1）。しかしそうした寓意の句と読むよりも、風景の何気ないスナップショットとして味わいたいところだ。季語＝松茸（秋）

2日

日にかかる雲やしばしの渡り鳥

『渡鳥集』

太陽を遮る雲かと見まがうような一団の渡り鳥が、少しの間だけ日を隠しながら、はるかな空へ渡っていく、という句意。茫々とした空のひろがりを感じさせ、爽快感の中には一抹の寂しさを宿した句である。「渡り鳥」の俳諧における本意について、『俳諧雅楽集』には「空をおほふ心」とあり、まさにこのとおりの句といえよう。現代ではなかなか機会に恵まれないが、この頃には空いちめんを覆うような渡り鳥の大群が（いくらかの誇張はあるにせよ）見られたのだろう。季語＝渡り鳥（秋）

3日

三日月に地は朧なり蕎麦《そば》の花　『浮世の北』

三日月の淡い光に照らされ、地上は白く朧がかったようになっている。一面の蕎麦の花が月光にぼんやりと浮かび上がって、そのように見えるのだ。地上の蕎麦の花と天上の三日月の構図がはっきりしていて、神秘的な情景がありありと浮かんでくる。のみならず、「朧」という春の現象を秋に見出したところに、俳趣もある。芭蕉出座の連句に「ながめやる秋の夕ぞだだびろき　荷兮／蕎麦真白に山の胴中　越人」（『ひさご』）という付合がある。広々とした日暮の景観の中で映える、蕎麦の花の白さが見出されているのだ。季語＝三日月・蕎麦の花（秋）

4日

胡《こ》蝶《てふ》にもならで秋経《ふ》る菜虫哉　『後の旅』

美しい蝶々になることもなく、深まっていく秋の中で空しく蠢いているこの青虫は、なんと哀れな存在なのだろう、といった句意。菜虫は紋白蝶の幼虫のこと。『ほそ道』の終着点、大垣にて詠まれた句であり、旅疲れが身にしみる老いの感慨も託されているだろう。『後の旅』によれば、この句に如行が「たねは淋しき茄子一もと」という脇をつけたとされ、「かくからびたる吟声ありて、我下の句を次《つぐ》」と付記されている。「からびたる吟声」とは、この句に漂う空虚感をよく言い得ているといえる。季語＝秋（秋）

5日

枯朶《えだ》に烏のとまりけり秋の暮

「真蹟短冊」

木の葉の落ち尽くした枝に、烏がとまっている。これぞまさに秋の暮の寂しさを体現するものだ、という句意。水墨画の画題である「寒鴉《かんあ》枯木」の俳諧的翻案である。この題に基づいて作られた和歌に「深雪降る枯木のすゑの寒けきにつばさを垂れて烏鳴くなり」(『風雅集』)などがあり、芭蕉の句もこの系譜上に位置する。景観に心情を込めたこの句は、初期の言葉遊びや機知による発想法から、寂びの境地への転換期に作られた、記念碑的作であると同時に、寂びの代表句ともいえる。季語=秋の暮(秋)

6日

漁《いさり》火《び》に鰍《かじか》や浪の下むせび

『卯辰集』

「山中十景　高瀬漁火」と前書。漁火の明るさに誘われ、石陰から浮かび出てくる鰍たち。やがては捕獲される儚い運命に、鰍たちは浪の下で泣き声を押し殺しているにちがいない、というのである。弟子の支考はこの句について的確な鑑賞を寄せている。「あかりに驚かす魚はあまた有りながらむせぶといふ一字によせていはば、河鹿《かじか》の外有まじ」(『東西夜話』)。なるほど、体も小さく、いつも隠れ住んでいる鰍が泣くとすれば、「むせぶ」の他に適当な泣き方はないだろう。季語=鰍(秋)

7日

声澄みて北斗にひびく砧哉　『新撰都曲』

砧を打つ音が、はるばると天上の北斗にまで反響し、透徹な音となってあたりいちめんに冴している、というのである。砧は、硬い繊維をやわらげるために衣を打つ槌のことで、秋の夜に聞く音は殊に哀れ深いとされた。発想の大本は『和漢朗詠集』に出てくる詩「北斗ノ星ノ前ニ旅雁横タハリ、南楼ノ月ノ下ニ寒衣ヲ打ツ」（劉元叔）。この漢詩世界を引き受けながら、芭蕉は「北斗ノ前」ではなく「北斗にひびく」としたことで、さらに広い詩的世界を展開している。それは、宇宙的スケールと言っていいほどだ。**季語＝砧（秋）**

8日

桟《かけはし》や命をからむ蔦《つた》葛《かづら》　『更科紀行』

切り立った崖の、いかにも危うい桟道。そこに命がけで絡みつく蔦葛を描いた句。「命をからむ」で蔦のしぶとさを表現した。叙景句ながら、そこには世相や人生観がうつされてもいる。すなわち、危うさの中で懸命に生きている蔦葛に、無常迅速の思いが託されているのだ。「蔦葛」には、式子内親王の墓に絡みついた定家葛のイメージが強い。この句ではそこから恋愛的情緒を削ぎ落とし、普遍的な「命」に関心の主眼を向けている。**季語＝蔦葛（秋）**

9日

身にしみて大根からし秋の風

『更科紀行』

木曾路の吟。この地で味わう大根おろしの、ぴりりとした辛さ。折から吹きすさぶ秋風と同じように、その辛さもしみじみと身にしみてくるようだ、というのである。卑俗な大根と、伝統的な秋風との、雅俗の取合せとも解釈できるが、「からし」の共通点で双方を感覚的に結んだ句と取りたい。大根の辛みと秋風の粛殺とした感じが通い合うのだ。木曾路の大根について、『芭蕉句選年考』は「かの地、からみ大根と世俗にいふあり。その姿小さくして、気味至つてからし」と伝えている。季語＝秋の風（秋）

10日

吹き飛ばす石は浅間の野分哉

『更科紀行』

石も吹き飛ばされるほどの、この暴風。浅間山麓に吹く野分の、なんと凄まじいことだろうか、といった句意。「野分」は、草木を分けていく強い風をいう。ここではそんな〝草の野分〟ではなく〝石の野分〟を見出したのが手柄である。「石は浅間の……」は、散文の文法を屈折させた、韻文ならではの表現。「石は」という強い提示によって、句調に勢いが出た。成案に至るまでに、助詞や語順を何度も変えた推敲の跡が草稿に残されており、一句に懸ける芭蕉の執念をうかがい知ることができる。季語＝野分（秋）

11日

むざんやな甲の下のきりぎりす

『おくのほそ道』

なんと痛ましいことか、まるで実盛を悼むかのように、ゆかりの兜の下できりぎりす（今でいうコオロギ）が寂しげに鳴いている、という句意。斎藤別当実盛は、敵に老いを悟られまいと白髪を黒く染め、主君のため奮戦した武将。首検分を行った樋口次郎は「あなむざんやな、斎藤別当にて候ひけるぞや」と慨嘆したという（謡曲『実盛』）。初案の上五はこの台詞をほぼそのまま裁ちいれた「あなむざんや」という形であったが、成案では「あな」の詠嘆を削り、感情の噴出を抑えている。**季語＝きりぎりす**（秋）

12日

蜻蛉《とんぼう》や取りつきかねし草の上

『笈日記』

ついと飛んできた一匹の蜻蛉。草葉の先に止まろうとするが、なよなよと風に靡きやすい秋草のこと、なかなか止まれないでいる、というのである。小動物の営みを捉え、繊細な感覚の行き届いた句である。近代的な純粋客観写生の句という評価がなされてきたが、「取りつきかねし」という綾のある表現によって、蜻蛉の動きに反応して揺らぐ作者の心のありようまで感じさせてはいないだろうか。スナップショット的な瞬間の像ではなく、動きそのものを捉えているところも、現代俳句ではあまり試みられないことで興味深い。**季語＝蜻蛉**（秋）

13日

夜《よ》ル竊《ひそか》ニ虫は月下の栗を穿《うが》ツ

『俳諧東日記』

「後名月」と題する。すべてが静寂に覆われた十三夜の月のもとで、栗虫が栗に穴を開けている気配だけが伝わってくる、という句意。月と音との取合せでは、水原秋櫻子の「蓮の中羽搏つものある良夜かな」（『葛飾』昭5）があるが、芭蕉が捉えたのは、小さな虫が栗を穿っているような、現実には聞こえるはずもない音。その音によって、十三夜の神秘的なまでの静寂を伝えた。一句の表現は、『和漢朗詠集』の詩「夜雨《やう》偸《ひそか》ニ石上ノ苔ヲ穿ツ」をもじり、後名月の別名である栗名月を暗示したもの。**季語＝栗名月（秋）**

14日

鳩の声身に入《し》みわたる岩戸哉

『俳諧漆島』

「赤坂の虚空蔵《こくぞう》にて、八月二十八日　奥の院」と前書。岐阜の中仙道の宿駅・赤坂の宝光院での吟。奥の院は、巨岩の洞の中に本尊を祀っている。句意は、秋風とともに鳩の声も身にしみわたり、秋の哀れを感じさせることだ、この岩戸の前にいると——といったところ。「身に入む」とは秋風が身にしみ透ることをいうが、ここでは秋風のみならず「鳩の声」もしみ入るのだ、とした点が身上。『おくのほそ道』の「閑さや岩にしみ入る蟬の声」を髣髴とさせる。「岩戸」を提示することで、秋冷の感覚をよく伝えている。**季語＝身に入む（秋）**

15日

藤の実は俳諧にせん花の跡

『藤の実』

宗祇がその昔連歌に詠んだ、藤の花の優美な風情に倣いつつ、私は花の終わったあとの藤の実を俳諧に詠もう、といった句意。美濃の関を越えて大垣の旅店まで訪ねてきた弟子の素牛（後の惟然）への挨拶句。宗祇は逢坂の関を越えた際、和歌山の歌枕「藤白坂」に擬して「関こえて爰《ここ》も藤しろみさか哉」と詠んだ。この句は宗祇の逢坂の関（＝関所）を美濃の関（＝地名）に取り成し、遠方より来た素牛（＝関の人）への謝意を表したもの。藤棚からぶらりと下がる藤の実、その素朴な風情にこそ俳諧の真髄があるのだというメッセージも含まれているだろう。**季語＝藤の実（秋）**

16日

石山の石より白し秋の風

『おくのほそ道』

前書は「那谷《なた》の観音に詣づ」。かの有名な近江の石山寺の石よりも、ここ那谷寺の石はなお白い。しかし、そんな石にもまして、そこに吹く秋風はいっそう白いのだ、という句意。那谷寺の境内には白っぽい擬灰岩の奇岩があり、それを詠んだもの。秋と白との結びつきは漢詩の伝統に沿ったものだが、この「白」には色彩としての白さを超えた象徴性すら感じられる。たとえばメキシコのノーベル賞詩人オクタビオ・パスは、この句の〝仏心〟に触発され、長編詩「ブランコ」を著している（ブランコとは白の謂）。この場合の白とは、仏教に言う〝空《くう》〟のこと。**季語＝秋の風（秋）**

17日

寂しさや須磨に勝ちたる浜の秋

『おくのほそ道』

何という寂しさだろう。『源氏物語』の「須磨の巻」で寂寥感たっぷりに描かれた須磨よりも、ここ種《いろ》の浜の方が寂しいではないか、といった句意。よく似た二つのものを並べて勝敗を決める趣向は、歌合に則ったもの。もっともこの場合、どちらがより寂しいかを競うことが主眼なのではなく、種の浜の寂しさを伝えるために須磨を引き合いに出したというべき。古典をふまえた機知の句だが、モノの描写の一切ない茫漠さの中に、秋の浜辺の寂寥感が確かに言いとめられている。季語＝秋（秋）

18日

浪の間や小貝《こがひ》にまじる萩の塵

『おくのほそ道』

静かな浜辺に打ち寄せる波。ふと見れば、波打ち際に散らばる小貝の中に、萩の花屑が交じっている、というのだ。等栽筆句文懐紙に書かれた「小萩ちれますほの小貝小盃」が初案。「小貝」とは種の浜で採れる「ますほの小貝」のこと。薄い紅色をしており、萩の花屑と相まって、彩り鮮やかな景をイメージさせる。『おくのほそ道』に「寂しさや須磨に勝ちたる浜の秋」と並べられるが、この句は「小貝にまじる萩の塵」という描写によって、寂しさが景の中に潜んでいる。好一対といえるだろう。季語＝萩（秋）

19日

朝《あさ》茶《ちゃ》飲む僧静かなり菊の花

『俳諧芭蕉盥』

「堅田祥瑞寺《しょうずいじ》にて」の前書。勤行を終えた早暁、朝茶を喫する禅僧の、何とも静かなたたずまい。その静かさの中に咲く菊の花は、清雅そのものである、という句意。宋の儒学者・周茂叔の「愛蓮説」に「菊ノ花ハ隠逸ナル者ナリ」(『古文真宝』)とあり、俳諧においてもこれに拠って「菊」の本意は「隠逸の心」(『俳諧雅楽集』)とされる。禅僧と菊の花を取り合わせたこの句もその本意をふまえ、僧の慎ましやかな侘び暮らしを描き出している。芭蕉の菊の句は二十六句。花の句の中でとりわけ数が多いのも、隠逸に憧れた芭蕉の好みだったからだろう。季語＝菊の花（秋）

20日

起きあがる菊ほのかなり水のあと

『続虚栗』

「草庵雨《そうあんのあめ》」と前書。いま、気配をほのかに見せて起き上がろうとする菊。水浸しになった庭で倒れていたところを、静かに蘇りつつある、その姿を捉えた句である。発想の契機は、和歌の題である「雨後の菊」。同じ題に拠っても、其角が「雨重し地に這ふ菊を先づ折らん」(『続虚栗』)と雨に打ちひしがれた菊を愛でたのと対照的に、芭蕉はしずしずと起き上がる菊にしたたかな命の強さを見た。単なる嘱目句というのみならず「ほのかなり」によって艶冶なイメージを持たせた言葉の工夫が見所である。季語＝菊（秋）

21日

痩せながらわりなき菊のつぼみ哉

『続虚栗』

近づきつつある寒さのために痩せながらも、生あるものの定めとして蕾をつけてしまう菊の、何とも哀れ深いことだ、という句意。「わりなき」は漢字にすると「理なき」。どうしようもない摂理のためにやむを得ず、といった意味である。芭蕉のキーワードの一つで、書簡や紀行文にしばしば出てくる。たとえば『おくのほそ道』出羽三山の章段には「降り積む雪の下に埋もれて、春を忘れぬ遅桜の花の心わりなし」と使われている。この句の場合、痩菊の嫋嫋たる風情を謳いあげるのに効果をあげている。季語＝菊（秋）

22日

稲こきの姥《うば》もめでたし菊の花

『笈日記』

庭先で稲こきに余念のない老婆の、矍鑠としたさまの何ともめでたいこと。そんな老婆を寿ぐかのように、ほとりに菊の花が咲いている、という句意。真蹟の写しに付された前書によれば、彦根近くの農家に宿泊した折、挨拶として贈ったとされる（『芭蕉翁真蹟展観録』）。前書には「松・紅葉住家を囲み、菊・鶏頭庭に乱れて、秋のものどもなどとり入れゆゆしく見え侍れば」とその状況がつぶさに描かれている。長寿の効があるとされる「菊の花」との取合せで、姥のさらなる延命を祈願する、朗らかな句となった。季語＝稲こき・菊の花（秋）

23日

この道や行く人なしに秋の暮

『其便』

「所思」と前書。果てしなく延びたこの一本道、一人として通う者もないこの道に対するとき、秋の暮の寂寥はますます深まっていく、というのである。「道」には、人生そのもの、そして芸道としての道の意味も含まれる。暗鬱な印象の句だが、「この道や」というきっぱりした上五には、むしろ孤高に生きる矜持が感じられはしないか。この句に触発され、蕪村は「門を出て故人に逢ぬ秋の暮」と詠い、高野素十は「まつすぐの道に出でけり秋の暮」と詠んだ。芭蕉の「道」が、時代を貫いて、現代俳句まで続いていることの証だ。季語＝秋の暮（秋）

24日

松風や軒をめぐつて秋暮れぬ

『笈日記』

松の梢を鳴らして過ぎる、眇眇たる秋の風。海辺の民家の軒端をめぐり、秋も終わろうとする情緒を掻き立てている、というのだ。松風はしばしば和歌で扱われる題材。その場合、松林のある海辺の情景を詠むのが常であるが、ここでは言外に浦の光景を感じさせつつ、生活の匂いのする「軒」を出したことで、俳諧ならではの把握の仕方となっている。また、「めぐつて」という動詞によって、伝統的に〝音〟を詠まれてきた松風を〝動き〟によって捉えた斬新さにも注目したい。季語＝秋暮る（秋）

25日

白菊の目に立てて見る塵もなし

『笈日記』

この白菊の何と清楚なことだろうか、よくよく目を凝らしても一つの塵すら見つけられないほどだ、というのである。大阪の女流俳人・斯波園女への挨拶句として知られる。表現は西行の和歌「曇りなき鏡の上にゐる塵を目に立てて見る世と思はばや」を借りている。園女の人柄を白菊に象徴化させたのであって、単純な見立てではない。草稿には上五が「白菊や」の形で出てきている。『笈日記』の成案は、「の」の働きによって柔らかい調子で一句をまとめ、流麗な白菊のたたずまいをよく伝えている。季語＝白菊（秋）

26日

手に取らば消えん涙ぞ熱き秋の霜

『野ざらし紀行』

もしも掌に取ったとしたら、悲しみの熱い涙によって、消えてしまうことだろう。秋の霜のように儚い、この遺髪は――といった句意。十年ぶりに戻った故郷で、前年亡くなった母の遺髪を兄から示された際の句。「秋の霜」は白髪の比喩である。「秋の霜」の本意について『俳諧雅楽集』は「老に驚く心」と述べている。その白さが白髪を連想させ、また、たちまち消えてしまう儚さが残り少ない命を思わせることで、「秋の霜」は「老」の象徴となるのである。破調の語気が、限りない悲哀の思いを伝えている。季語＝秋の霜（秋）

27日

蓑虫の音《ね》を聞きに来よ草の庵《いほ》

『続猿蓑』

秋の哀れを誘うという蓑虫の音を聞きにきて、ともにたっぷりと哀憐の情に浸ろうじゃないか、この侘しい草庵はそのためにうってつけだよ、といった句意。『枕草子』に蓑虫が「ちちよ、ちちよとはかなげに鳴く」と書かれているのをふまえ、「聞きに来よ」の命令形でその哀感を強めた。『あつめ句』の前書には、句を作ったときの情景が、「草の扉に住みわびて、秋風の悲しげなる夕暮、友達の方へ言ひ遣はし侍る」と記されている。聞こえるはずもない声に耳を澄ました句の例としては、ほかに「蚓何と音をなにと鳴く秋の風」（『俳諧向之岡』）がある。季語＝蓑虫（秋）

28日

病《やむ》雁《かり》の夜寒に落ちて旅寝哉

『猿蓑』

「堅田にて」と前書。群から離れ、地上へ落ちていったあの雁は、この夜寒に耐えられなかった、病んだ雁なのだろう。そのさまは、病みながら旅寝する私の思いそのもののようだ、というのである。近江八景の一つ「堅田落雁」をふまえた句。このとき芭蕉は「散々風《かぜ》引き候而《そうろうて》、蜑の苫屋に旅寝を侘び」（九月二十六日付茶屋与次兵衛宛書簡）といった状況にあった。本来は「秋の来る心」（『俳諧雅楽集』）を本意とする雁が、弱りつつ夜寒の頃まで生き残った姿に、みずからの境遇を重ねた。季語＝夜寒（秋）

29日

海士《あま》の屋は小海老にまじるいとど哉

『猿蓑』

この漁師の家ときたら、庭先の笊に干された小海老に、ピョンといとどが飛び込んでくるような、何とも侘びた暮らしぶりだなあ、といった句意。「いとど」はカマドウマのこと。えびこおろぎという別名のとおり、背の曲がった姿は海老に似ており、小海老との取合せはその特徴に由来する。昨日取り上げた「病雁の夜寒に落ちて旅寝哉」と同じく、堅田での吟。『去来抄』によれば、芭蕉は弟子たちにどちらの句を選集『猿蓑』に入れるべきか尋ねたという。両句に共通しているのは、「旅寝」「海士の家」（海士の暮らし）といった抽象的な概念を、景として具象化させている点である。季語＝いとど（秋）

30日

世の中は稲刈るころか草の庵

『続深川集』

「人に米をもらうて」と前書。新米をもらってはじめて、世間はもう稲刈りのころだと知る。もっとも草庵住いの私はそんなことに関係なく、旅と風雅にあけくれる日々だ、というのである。俳諧での「稲」の本意は「富貴なり 民の悦ぶ姿有るべし」（『俳諧雅楽集』）。収穫に賑わう世間と対比させ、生産に貢献しない草庵暮らしのうしろめたさを匂わせている。もっとも、たとえば小林一茶の「もたいなや昼寝して聞《きく》田うへ唄」（寛政十年四月十九日付二川宛書簡ほか）のような強い自嘲ではなく、侘び暮らしを楽しむ思いが前提となっている。季語＝稲刈る（秋）

31日

稲妻や闇の方《かた》行く五位《ごゐ》の声

『続猿蓑』

稲妻が閃く空の反対側の闇を、五位鷺の声が不気味に鳴き渡っていく、というのである。五位は五位鷺のことで、鳴き声はギャアギャアと烏のよう。夜は羽が光るとも言われ、姿の見えない闇の中ではいっそう妖しさを増す。稲妻との取合せによって、秋の夜の凄まじい情景が描き出されている。『竹人稿全伝』には「猿雖宅に土芳と二人、稲妻の題にて」と前書があり、席題の吟であるとわかる。だが、あたかも実景に接したかのような迫力と凄みのある句になっている。季語＝稲妻（秋）

十一月

1日

秋風や桐に動きて蔦の霜

『三冊子』

秋風によってはらりと桐の葉が落ち、秋の訪れを実感したのは、まるで昨日のことのよう。今ははや、秋も終わりに近づき、蔦の葉には白く霜が降りている、というのである。秋風と桐の取合せは、「桐一葉落ちて天下の秋を知る」（『淮南子』）に由来。そこからさらに、秋の深まった頃の蔦の霜を連想したところが、芭蕉の独創である。「動きて」のあとに時間的な切れ目があり、一句の詩情は、ここに生じている。「吹きて」ではなく「動きて」としたのも巧み。秋という季節のはじまりから終わりをまるごと抱え込んだ、無常観の一句である。 **季語＝秋風・蔦（秋）**

2日

死にもせぬ旅寝の果てよ秋の暮

『野ざらし紀行』

前文に「武蔵野を出づる時、野ざらしを心に思ひて旅立ちければ」。すなわち、『野ざらし紀行』冒頭に置いた「野ざらしを心に風のしむ身哉」に呼応した句である。旅立ちの時には、行き倒れてもかまわないという決意だった。しかし今、こうして長い旅路の末に生き残っている。そんなわが身に、秋の暮の寂寞がひとしお迫ってくる、というのである。この句の「秋の暮」は、暮秋という時候としての意味合いに加え、旅そのものの終焉も寓意している。一抹の自嘲と、無事に旅を終えた安堵の心を託した句。 **季語＝秋の暮（秋）**

3日

蛤のふたみにわかれゆく秋ぞ

『おくのほそ道』

『おくのほそ道』の掉尾を飾る句。前文に「長月六日になれば、伊勢の遷宮拝まんと、また舟に乗りて」とある。蛤の身と蓋（殻）に裂かれるのにも似て、伊勢の二見へ赴くために仲間と別れることは辛い。まして秋も行こうとする頃、その寂しさたるや限りない、という句意。蛤の「蓋・身」を伊勢の「二見」に、「別れ行く」を「行く秋」に掛けた。おまけに蛤は伊勢の名物。このように極めてレトリカルな句である。「行く秋」の本意である「遠く見る体の淋しき心」（『俳諧雅楽集』）に適った、別れの情趣をしみじみと感じさせる秀吟といえる。**季語＝行く秋（秋）**

4日

白露もこぼさぬ萩のうねり哉

「真蹟自画賛一」

たちまちこぼれてしまうような、はかない露の玉ですら、ひとつとしてこぼれぬほど、なよやかな撓いぶりの萩であることよ、という句意。露の本意は「哀なるこころ　消安《きえやす》き心」（『俳諧雅楽集』）にあり、そんな露の玉でさえとどめ置くほどに、萩の枝の撓うさまは優しげなのである。白露と萩の季重なりであるが、重点は萩のほうにあるといえる。『しをり集』は、杉風の前書として、みずからの別荘である江戸の採茶庵にて芭蕉が詠んだ句であると伝える（『しをり集』での句形は「白露もこぼれぬ萩のうねり哉」）。**季語＝萩・白露（秋）**

5日

琴《こと》箱《ばこ》や古《ふる》物《もの》店《だな》の背《せ》戸《ど》の菊

『住吉物語』

この琴箱の、なんともゆかしいこと。そして、そんな琴箱の売られている古道具屋の裏戸には、主人の手によるものだろうか、美しい菊がひそと咲いている、という句意。『蕉翁句集草稿』には「大門《おおもん》通り過ぐるに」と注記。大門通りとは、元吉原の大門に続く道のことで、古道具屋が軒を連ねていた。現在の日本橋大伝馬町の近くである。「背戸の菊」から連想される薄暗い古物店、その中に琴箱という一点の雅を見出したのが一句の手柄。琴箱と菊の取合せが奥ゆかしい情趣を感じさせる。季語＝菊（秋）

6日

秋深き隣は何をする人ぞ

『笈日記』

秋も深まった晩秋、しきりと人懐かしく、見知らぬ隣人のことまでが気にかかる。いったい彼らは、どんな仕事をして世の中を渡っているのだろうか、といった句意。しんと静まり返った晩秋の季節感は、そのまま作者芭蕉の孤独の思いと重なってくる。現代では警句の一種として受け取られる傾向がある。希薄化した都会の人間関係の風刺として引用されることもしばしば。もっとも、この句の訴えてくる孤独感の根のところには、人との絆を求める心がある。淋しい句だが、そこに救われる。季語＝秋深し（秋）

7日

昔聞け秩父《ちち》父《ぶ》殿《どの》さへすまふとり

『芭蕉庵小文庫』

昔話を聞くがいい、かの大名・秩父殿も力士と相撲を取ったというではないか。ならば秩父殿も相撲取りといってしかるべきだ、と戯れた句。「秩父殿」は畠山重忠（本姓秩父）のこと。源頼朝に仕えた剛健の武将で、『古今著聞集』には関東最強とされた力士・長居と相撲を取って負かした話が載る。支考は「殿の慇懃を崩」したところにこの句の俳趣を指摘している（『俳諧古今抄』）。権威を引き下ろす代わりに、「任侠の心」（「相撲」の本意、『俳諧雅楽集』に拠る）を大名に見出し、その豪壮な生き様に賞賛と共感の念を示したのである。**季語＝相撲取（秋）**

8日

煮《にう》麺《めん》の下焚きたつる夜寒哉

『葛の松原』

「曲水亭にて夜寒といへる題の発句」と前書。膳所の門人・菅沼曲水亭で出された「夜寒」の題詠である。煮麺を作ろうと、主人が鍋の下の榾を掻き立てているさまに、夜寒の情感がひしと迫ってくる、というのだ。前書にあるように、実景ではなく、題で作られた句である。「煮麺」は、素麺を具といっしょに味噌で煮て、醤油で味をととのえた料理。このような日常的で、素朴な食材を通して「夜寒」という伝統的な季題を捉えたところに、一句の手柄はある。**季語＝夜寒（秋）**

9日

木枯に岩吹きとがる杉間《すぎま》かな

『笈日記』

木枯の吹き付けている一個の岩。その、鋭く尖った岩が、杉林の切れ間から突き出ている、というのである。「木枯」の本意は「ものを吹き通す心　強くあたる心」(『俳諧雅楽集』)。そんな「木枯」の鋭さと強さを、「吹きとがる」の語勢が言いとめている。背景となるのが、木枯にも枯れることのない、青々とした「杉間」であることによって、一句の景色を印象的なものにしている。今の愛知県新城市の鳳来寺での吟。鳳来寺は杉の原生林に覆われた山の頂上にあり、山頂付近は岩がむきだしになっている。**季語＝木枯(冬)**

10日

髭風ヲ吹いて暮秋《ぼしう》嘆ズルハ誰ガ子ゾ

『虚栗』

「老杜《ろうと》ヲ憶フ」と前書。髭を秋風に吹かれながら、暮秋の愁いを詩に託しているのは誰であろうか、といった句意。老杜すなわち杜甫の詩「藜ヲ杖シテ世ヲ嘆ズル者ハ誰ガ子ゾ」(白帝城最高楼)をもじった言い回し。「髭風ヲ」は本来なら「風髭ヲ」となるべきだが、主体と客体とが逆転している。従来の解釈書ではこの修辞は「倒装法」と呼ばれてきたが、本間正幸によれば正しくは「錯綜法」であるとされる(『連歌俳諧研究』一〇三号)。ここでは髭のイメージを強調するために、このような修辞が用いられている。**季語＝暮秋(秋)**

11日

旅人と我が名よばれん初時雨

『笈の小文』

『笈の小文』の旅の出立吟。志す理想の旅とは、ゆくさきざきの人に「旅人」と呼ばれるような、風狂の旅。まずはこの旅立ちに、あえて初時雨の風雅に濡れてゆこう、というのである。「我が名よばれん」という調子に、旅立つ心の弾みが感じられるのは、『三冊子』に指摘されているとおり。ふつうの旅人ならば嫌がるはずの雨に濡れるということを、自ら進んで行おうとしているのが、風狂ということ。それによって、常識的発想に囚われない、詩人としての旅を実現しようとしているのである。季語＝初時雨（冬）

12日

人々をしぐれよ宿は寒くとも

『蕉翁全伝』

ここに集まった人々の上に、時雨よ、来るがいい。ただでさえ寒々とした宿がいっそう寒くなり侘しくなろうとも、侘しさの中に詩を求めるわれわれにとっては、むしろ望ましいことなのだ、といった句意。たとえ寒い思いをしても、「時雨」の情趣を感じ取ることで、それを風雅として詠じてきた伝統的文脈に連なろうとする。その姿勢は、昨日取り上げた「旅人と我が名よばれん初時雨」の句と通い合っている。近江からやってきた路通を交え、故郷の伊賀で当地の門人たちと句座を持ったときの吟である。季語＝時雨（冬）

13日

ごを焚いて手拭あぶる寒さ哉

『笈日記』

「旅宿」と前書。ようやく落ち着いた旅先の宿で、松の古落葉を焚き、凍って硬くなった手拭をあぶる。何とも寒々とした情感の句である。「寒さ」の感覚が、「手拭あぶる」によって具象化されているところが一句の見所である。伊良子崎近くの保美村に蟄居中の弟子・杜国を訪ねる旅の途中、三河豊橋にさしかかったときの句。「ご」とは、三河の方言で、枯松葉のこと。土地の方言を詠みこんだのは俳諧ならではの手法。鄙めいた、素朴な明るさの中に、かすかな旅愁が影を落としている。季語＝寒さ（冬）

14日

木枯や竹に隠れてしづまりぬ

『鳥の道』

「竹画賛」と前書。竹林に吹き込んだ木枯が竹の葉を鳴らし、やがて静まったさまは、あたかも竹林に隠れてしまったかのようだ、という句意。「隠れて」の措辞は、中国の伝説にある「竹林の七賢」のイメージをふまえる。彼らは俗世との交わりを断ち、竹林で酒を酌み交わしながら清談したという。「口外に艸木の枯たる心有べし」（『俳諧雅楽集』）とある「木枯」の本意の通り、この句も言外に枯れた草木をイメージすることで、冬も青々と茂った竹の葉とのコントラストが際立つ。画賛の句とは思えないほど、実感のある句。季語＝木枯（冬）

15日

芹焼や裾《すそ》輪《わ》の田《た》井《ゐ》の初氷

『其便』

芹焼き料理の芹が放つ香気。その芳しさから、山裾の田に生じた初氷のイメージが連想される、というのである。一句の発想は、『挙白集』や『方丈記』に見られる、「裾輪の田」に「芹」を摘むという一節に拠る。芭蕉の独創は、芹焼の芹の香りからイメージを飛躍させ、「初氷」の清冽さを見出したところにある。芹焼は臭いを消すために芹を入れた肉の鍋料理のこと。芭蕉には他にも「悲しまんや墨子芹焼を見ても猶」（『俳諧向之岡』）という、芹焼きの旨さを讃えた句がある。「裾輪の田井」は固有名詞ではなく、麓の田を意味する古語。季語＝初氷（冬）

16日

一尾根はしぐるる雲か富士の雪

『泊船集』

雪を被った勇壮な富士。その山肌を走る稜線の一つにかかった黒雲、あれは時雨を降らしている雲ではないか、といった句意。『三冊子』には「山の姿是程のけしきにもなくては、異山《ことやま》とひとつになるべし」とあり、諸々の山に紛れることのない富士の威容を表現するため、意識して大観の句としたことが伝えられる。風雅な情趣を本意とする「時雨」だが、この句では情緒的なニュアンスは極力抑えられ、自然現象としての側面が強調されている。そこに、伝統的な季感から脱しようとする芭蕉の姿勢をうかがうことができる。季語＝時雨（冬）

17日

こがらしや頬腫《ほほばれ》痛む人の顔

『猿蓑』

吹きすさぶ木枯らしの中をすり抜けていく人は、さも痛そうに頬を腫らした顔をしている、という句意。当時の連句に「うい事は頬腫物のはやりかぜ　卯七」（『渡鳥集』）という付句もあり、「頬腫」はお多福風邪によるものと考えてよい。「木がらし」の本意は「強くあたる心」（『俳諧雅楽集』）。この句においては、強く吹き当たるその対象として「頬腫」を持ってきたところがユニーク。即物的な把握を通して、目に見えない木枯らしの実感をたしかに伝えている。渡邊白泉の「こがらしや目より取出す石の粒」（『白泉句集』昭50）は、この句へのオマージュか。季語＝木枯（冬）

18日

草枕犬も時雨《しぐ》るるか夜の声

『野ざらし紀行』

草を枕にするような侘しい旅の夜、時雨の情緒は犬の鳴き声にすらおよび、暗闇と静寂の中から響いてくる、というのである。時雨の本意は「甚風雅なる心」（『俳諧雅楽集』）にある。そんな時雨は、犬の声すらも趣き深いものにしてしまうのだ。「犬も時雨るる」は、余計な情景説明を排した俳諧独特の言い回しで、時雨の中から聞こえる犬の声の侘しさを捉えている。「夜の声」という下五も巧みで、表面上は犬の声を指しながら、時雨の音や、夜そのものの〝声ならぬ声〟まで感じさせている。季語＝時雨（冬）

19日

貧《ひん》山《ざん》の釜霜に鳴く声寒し

「真蹟懐紙」

霜の降る夜更け、侘しさに耐え切れないのだろうか、貧乏寺の釜が虫のようにかすかに鳴いている。そのさまの何と侘しく、寒々としたことだろう、といった句意。漢詩作法便覧『円機活法』に「豊山ノ鐘ハ霜降リテ自ラ鳴ル」とある豊山の故事に拠ったもの。「豊山」を「貧山」に、鐘を釜に、それぞれ見替えたことで俳諧化した。「寒さ」の本意は「無風雅なる心」（『俳諧雅楽集』）。この句の情景も、貧乏寺という背景と相俟って、なるほど「無風雅」といってよい。昨日紹介した「草枕犬も時雨るるか夜の声」とは対照的な「声」だ。季語＝霜・寒し（冬）

20日

薬飲むさらでも霜の枕かな

『如行子』

病に臥し、薬を飲む身となった寂しさは、言い知れないものだ。ただでさえ侘しい霜の夜の眠りだというのに——といった句意。「霜」の本意は「動かぬ心」にある（『俳諧雅楽集』）。霜が降り、静まり返った万物の中の一つとして、自分自身もまた、旅を中断して静臥している。さらに「霜の枕」という措辞が連想させる白髪のイメージは、老いの嘆きもこの句の背後に潜ませている。旅の途中の熱田で、持病の疝気を起こした折の句。『如行子』には「翁心地あしくて欄木起倒子（星崎在住の医師）へ薬の事言ひ遣はすとて」と注記。季語＝霜（冬）

21日

旅に病んで夢は枯野をかけ廻る

『笈日記』

「病中吟」と前書。旅を半ばにしてこのように病臥の身となりながら、見る夢はなお、あちこちの枯野を駆けめぐっている夢だ、というのである。「旅に」の措辞には、「旅の途中で」という意味と、「旅に賭した人生の途中で」という、二つの意味が掛けられている。辞世ではないが、芭蕉の最期の作といってよい。『芭蕉翁追善之日記』に弟子の支考の伝えるところでは、生死の境においてもなお俳諧を作らずにいられない思いを、芭蕉は自ら「妄執」と表現していたという。その人生の最後まで詩を求めてやまなかった芭蕉の「妄執」には、ただ圧倒されるのみ。季語＝枯野（冬）

22日

初雪や水仙の葉のたわむまで

『あつめ句』

今年はじめての雪が、ちらほらと降ってきた。そしていかにも初雪らしく、水仙の葉をわずかにたわませるほどに、うすく降り積もっている、というのである。初雪の本意について、『俳諧雅楽集』は「積り兼《かぬ》る姿」という。この句においてもまさに、積もりかねている初雪のかすかさが、「水仙の葉のたわむ」という微細な描写によって捉えられている。また、水仙の青い葉と、初雪の白さという、色彩の対比も、一句のイメージを鮮烈なものにしている。「まで」という措辞で、さりげなく一句を締めたことも効果的。

季語＝初雪（冬）

23日

炉開《ろびら》きや左官《さくわん》老い行く鬢《びん》の霜

『韻塞』

今年も冬支度の頃となった。例年のとおり炉開を執り行なうため、馴染みの左官を呼んだところ、鬢に霜のような白髪を生やしているのに気付いたのである。そのことで自分自身の老いざまも痛感させられたのだろう。「炉開き」は塞いでいた囲炉裏を開き、火を入れる初冬の行事。「霜」は白髪を暗示している。「炉開き」を主題としながら、その焦点は囲炉裏でもないし、火でもない。「炉開き」そのものから視線をずらし、左官の鬢髪という意外なものに注目したことで、かえって「炉開き」の古めかしく懐かしい情趣が感じられてくる。季語＝炉開き（冬）

24日

今日ばかり人も年寄れ初時雨

『韻塞』

「元禄壬申冬十月三日、許六亭興行」と前書。若い人々よ、この日ばかりは年寄りの心境になって、この初時雨のもの侘びた情趣をしみじみと味わい給え、といった句意。弟子の許六をまじえて五吟歌仙を巻いたときの発句で、若い連衆へ親しく呼びかけたもの。発想のユニークさに加え、大仰な命令口調も手伝って、俳諧味あふれる一句となっている。もっとも、一句の暗に伝えるメッセージは重い。時雨の情趣を味わうためには、もっとおのれの心をしずめ、恬淡な境地に至らなければならないというのだから。季語＝初時雨（冬）

25日

凩に匂ひやつけし返り花

『後の旅』

「耕雪子別墅即時」と前書。冬枯れの大地を吹きすさぶ凩の中、ほのかに色づくものが見えたのは、このあかあかとした返り花が凩に色をつけたのだろうか、といった句意。返り花とは、思わぬ陽気のために、季ならぬときに咲く花のこと。「匂ひ」とは、古典の世界では第一義には鮮やかな色彩のことをいう。もともと実体のない凩に「匂ひ」がつくとしたところに、みずみずしい詩情が感じられる。この場合の切字「や」は、かすかに疑問の意を含みながら、軽く切ることで調べをととのえる働きをしている。季語＝返り花・木枯（冬）

26日

初雪や幸ひ庵にまかりある

『あつめ句』

「我が草の戸の初雪見んと、余所にありても空だに曇り侍れば急ぎ帰ることあまたたびなりけるに、師走中の八日、はじめて雪降りけるよろこび」と前書。この風趣ある初雪を、幸運なことに庵で賞美することが叶った、という句意。「まかりある」というあらたまった言い方がおかしい。初雪の本意は「甚風雅なる心」（『俳諧雅楽集』）。その「風雅」を庵で思う存分味わえたことを「幸ひ」と大げさに喜んでいるところに、「風狂」の精神がある。空が曇るたびに何度も外出先から急ぎ帰ってきたことを伝える前書の記述は、そういう風狂心を強調したものだ。季語＝初雪（冬）

27日

折々に伊吹を見ては冬籠り

『後の旅』

「千川亭に遊びて」と前書。ここの亭主千川は、時折伊吹山を眺めながら冬籠するのだから、何とも羨ましいことだ、という句意。「冬籠」の本意について『俳諧雅楽集』は「物に蓋をしたる心　老の情よし」という。ここではそうした「冬籠」の閉塞感や負の面を打ち返すかたちで、はるかな峻峰を望んでの、開放的な暮らしぶりを讃えた。悠然とした亭主のたたずまいもしのばれてくる。「伊吹」は滋賀と岐阜の県境に聳える山。周囲に目立つ山がないために、実際以上に高く、威容あるさまに映る。季語＝冬籠り（冬）

28日

初しぐれ猿も小蓑《こみの》を欲しげなり

『猿蓑』

はらりと降ってきた、今年はじめての時雨の、何とも風雅なこと。猿までもが、そんな風雅に興ずるために、自分の身に合う小蓑を欲しがっているかのようだ、という句意。『卯辰集』の前書によれば、伊賀山中の吟。芭蕉入魂の撰集『猿蓑』の冒頭を飾る句だ。時雨は侘びしいとする和歌の伝統に従い、濡れそぼった猿の哀れを詠んだというだけの句ではない。芭蕉自身の投影でもあるこの「猿」には、ひたすら風雅を希求する詩人のおもかげがある。ペーソスを交えつつ、時雨の本意を読みかえた画期的一句。季語＝初時雨（冬）

29日

鞍壺に小坊主乗るや大根引《だいこひき》

『炭俵』

馬の鞍壺に小さな男の子がちょこんと乗り、大人たちは大根を抜く作業に精を出している、そんな冬の農村の日常風景が切り取られている。「大根引といふ事を」との前書からわかるように、題から発想された句。去来はこの句を絵になぞらえ、構図の新鮮さと巧みさを指摘している（『去来抄』）。とはいえど、これは初心者へ向けてのアドバイスであり、言葉の芸術である俳句を単純に絵に喩えると、誤解を招く恐れもある。「大根引」の情景として馬の鞍壺に乗った小坊主をあしらった、目の付け所の意外性。それこそがこの句のリアリティの真髄である。**季語＝大根引（冬）**

30日

初雪やいつ大仏の柱《はしら》立《だて》

「真蹟懐紙」

「南都にまかりしに、大仏殿造営の遥けき事を思ひて」と前書。初雪を防ぐすべもない大仏に、殿舎の柱立てはいつのことになるだろう、といった句意。奈良の大仏殿は永禄十年（一五六七年）に松永久秀の兵火で焼失、露座のまま百年経過し、元禄元年に起工式があったが、資金難で頓挫。この句が詠まれた元禄二年当時には、殿舎の落成が危ぶまれていた。初雪がうっすらと積もって寒そうな大仏を、労わるような優しいまなざしである。実際に柱立が行われたのは芭蕉の死後、元禄十年四月のことだった。**季語＝初雪（冬）**

十二月

1日

初雪や聖小僧《ひじりこぞう》の笈の色

『俳諧勧進牒』

「旅行」と前書。初雪の白さと相俟って、回国の高野聖の色あせた笈の色が、いっそう風情あるものに感じられる、というのである。「聖小僧」は、諸国を遍歴して布教や勧進に勤める高野山の僧侶のことと思われる。一般的ではない「聖小僧」という言い方で高野聖を見立てた所に、飄逸な味わいがある。「笈」は、修行者などが旅で用いる漆塗りの木箱で、背負って使う。「笈」に注目したことで、聖の後姿のイメージを出したところが巧み。感情語は一切用いられてはいないが、雪の中を去りゆく聖の背中から、おのずと淋しさが伝わってくる。**季語＝初雪（冬）**

2日

埋火《うづみび》や壁には客の影法師

『続猿蓑』

火桶の埋み火を囲み、主と向き合っている、静かな夜。ふと気付くと、壁には客であるみずからの影法師が映っていた、というのである。影法師は、もう一人の自分だといわれる。部屋の壁に投じられた影は、芭蕉自身の孤独を映したものなのだ。「埋火」の俳諧における本意に「夜分静なるよし」（『俳諧雅楽集』）とあるように、主と客とが、ぽつりぽつりと言葉を交わす、冬の夜の静かさが感じられる。孤独を噛みしめると同時に、しっとりと心通い合う付き合いを楽しんでいる風でもある。江戸に勤番中の弟子・曲翠を訪ねた際の作。**季語＝埋火（冬）**

3日

しぐるるや田の新《あら》株《かぶ》の黒むほど

『記念題』

「旧里の道すがら」と前書。時雨がふいに降ってきて、田圃を濡らしてゆく。しかし、たちまち止んでしまう時雨のことであるから、その雨の量は、まだ新しい稲の新株が黒ずむほどに過ぎない、というのである。和歌の対象となることのない「田の新株」に着目しつつ、和歌の伝統によって培われてきた時雨の儚い情趣を生かしている。「黒むほど」という観察の細かさが一句の命。同様に、時雨を通して秋から冬への季節の推移を捉えた芭蕉の句に、「新藁の出初めて早き時雨哉」(『蕉翁全伝』)がある。季語＝時雨(冬)

4日

月花の愚に針立てん寒の入

『俳諧薦獅子集』

風雅を求め、月よ花よと興じ暮らした、この年の愚かしさ。そんな〝風雅の病〟を治すため、針を打とうではないか。その針を打ったときの痛さがいっそう沁みるような気がする、この寒の入りに――といった句意。「愚」とは、風雅に賭した月日に対する矜持と自嘲のない交ぜになった感慨。『笈の小文』にも「暫く学で愚を暁《さとら》ん事をおもへども」と述べられていて、しかしそれも絶え間ない風狂心のために妨げられ、俳諧の道に入ったと内省されている。旧作の「月雪とのさばりけらし年の暮」(『あつめ句』)にも、同様の感慨がうかがえる。季語＝寒の入(冬)

5日

乾《から》鮭《ざけ》も空《くう》也《や》の痩も寒の中《うち》

「真蹟懐紙」

「都に旅寝して、鉢叩きのあはれなる勤めを夜毎に聞き侍りて」と前書。乾鮭のひからびた姿も、空也僧の痩せ細った姿も、この寒の内にふさわしいものに思える、というのである。乾鮭は寒中、滋養を付けるために食べられたもの。「乾鮭」「空也」「寒の内」の三つの言葉から醸し出される寒々とした風趣は、中世の連歌師・心敬の唱えた「冷え寂び」を髣髴とさせる。『三冊子』によれば、芭蕉は「心の味を言ひ取らんと、数日腸《はらわた》をしぼる」という苦しみを経てこの句を生んだという。**季語＝寒の内（冬）**

6日

鴈《かり》さわぐ鳥羽の田《た》面《づら》や寒の雨

『西華集』

鳥羽の冬田の上で、舞い降りた雁たちが鳴き騒いでいるのは、冷たい寒の雨の降る情景としていかにも似つかわしい、という句意。「大江山傾く月の影さえて鳥羽田の面に落つる雁がね　慈円」（『新古今和歌集』）といった和歌で知られるように、京の南郊に位置する鳥羽は、雁の名所。弟子の支考によれば「寒の雨」という題が珍しくて詠んだ句という（『西華集』）。支考が「寒の字のはたらき、此句に及びがたし」と賞賛するように、「冬の雨」よりもさらに冷え冷えとした語感の「寒の雨」が情景によく合っている。**季語＝寒の雨（冬）**

7日

人に家を買はせて我は年忘れ

『猿蓑』

「乙州が新宅にて」と前書。厚かましくも人様の買った新宅に身を寄せた私は、そこで一年の憂さを忘れ、のうのうと新年を迎えようとしている。われながら、何とも結構なご身分だよ、といった句意。新宅に芭蕉の居場所を設けたのは乙州の厚意に他ならないが、まるで自分がそう仕向けたように「人に家を買はせて」と興じた。そうした態度には、弟子の乙州への、親しみの気持ちをうかがうことができる。いささかの苦い自嘲を含みながら、仲間とともに新年を迎える喜びを表現した一句である。季語＝年忘れ（冬）

8日

かくれけり師走の海のかいつぶり

『色杉原』

ふと視界から消えたもの、それはほかでもない、師走の琵琶湖に浮かんでいたかいつぶりだ、という句意。上五からいきなり「かくれけり」と打ち出したことで、作者の驚きを伝えるとともに、水中に潜ったかいつぶりの唐突さをも言いとめている。芭蕉の用いる「かくれ」の語には、隠者のイメージがちらつくことが多い。この句の「かいつぶり」にも、師走の多忙な世事から逃げ出そうとする詩人の思いが投影されている。このように言葉に二重性を持たせる方法は、現代俳句でももっと顧みられてよいだろう。季語＝かいつぶり・師走（冬）

9日

節《せ》季《き》候《ぞろ》の来れば風雅も師走哉

『俳諧勧進牒』

「果の朔日の朝から」と前書。早くも節季候の来る頃となった。風雅に明け暮れる我々にすらも、世事に忙殺され気もそぞろになる師走の到来が実感される、という句意。節季候は歳末特有の物乞いの一種。「笠ノ上ニ貫首《しだ》ノ葉ヲ挿《さしはさ》ミ、赤キ布巾ヲ以テ面ヲ覆ヒ、ワヅカニ両眼ヲ出ダシ、二人或ハ四人共ニ人家ニ入リ、庭上ニテ躍ヲ催シ、米銭ヲ乞フ」と『日次紀事』に解説がある。署名は芭蕉の別号である「風羅坊」となっており、この句に込めた風雅への並々ならぬ思いを推し量ることができる。季語＝師走（冬）

10日

市《いち》人《びと》よこの笠売らう雪の傘

『野ざらし紀行』

「雪見に歩きて」と前書。市中で買い物をしている人たちよ、この笠を売ってあげようじゃないか、なんとも風流な雪の笠だよ、といった句意。何の役にも立たない雪まみれの笠を「売らう」と呼びかけて、興じているわけである。「市人」に風流を押し付けているのではなく、市井のひとびととの対比のうちに、自分たちの風流心を強調しているのである。そのことによって、風雅に狂い興じる心、すなわち「風狂」の精神が表現されているのだ。季語＝雪（冬）

11日

年暮れぬ笠着て草鞋《わらぢ》はきながら

『野ざらし紀行』

前文に「ここに草鞋を解き、かしこに杖を捨てて、旅寝ながらに年の暮れければ」とある。いよいよ年も暮れてしまった。世間が忙しく立ち働く中、笠を被り草鞋を履くという、旅の装いのままで――といった句意。世外の徒としての自分を見つめた句。同時期の歌仙の付け句「富士の嶺と笠着て馬に乗りながら」について芭蕉は藤原定家が幼い頃詠んだ「旅人の笠着て馬に乗りながら口を引かれて西へこそ行け」をふまえたと語っており（『熱田皺筥物語』）、この句も同じ歌を意識している。言い放ったような口調にいささかの自嘲もこもる。**季語＝年暮る（冬）**

12日

京まではまだ半空《なかぞら》や雪の雲

『笈の小文』

京都への旅はまだ中途。見上げた中空には、雪の雲が重く垂れ込めている、という句意。「半空」には、旅の途中という意と、天の中空の意が重ねられている。旅の心細さを「雪の雲」で形象化した。同時代の公家歌人が旅先の鳴海での感慨を詠んだとされる「今日はなほ都も遠く鳴海潟はるけき海を中に隔てて」の歌――その親筆を当地で見せてもらっての句である。京を意識の中心に置いて鳴海を詠んだ飛鳥井とは逆に、芭蕉は地方である鳴海から京を見ている。和歌と俳諧の発想の仕方の相違の一端を、ここに知ることができる。**季語＝雪（冬）**

13日

霰せば網代《あじろ》の氷魚《ひを》を煮て出さん

『花摘』

「膳所《ぜぜ》草庵を人々訪ひけるに」と前書。霰が降るような寒い夜、近江名物の網代の氷魚を煮て、皆に振舞おう、といった句意。「氷魚」は、琵琶湖特産の鮎の稚魚のことで、「網代」はこれを獲るための川瀬の仕掛けをいう。上五「霰せば」の打ち出しによって、冴えた大気の感覚を伝え、次にぐっと焦点が「網代の氷魚」に移る構成が鮮やか。それはひとえに、「霰」の冷やかなイメージと「氷魚」との取合せの絶妙さに拠る。連歌師・心敬の「氷」の美学を髣髴とさせる取合せである。季語＝氷魚・霰（冬）

14日

何にこの師走の市にゆく烏

『花摘』

なにゆえ慌しい師走の市中へ行くというのだろうか、この烏は——といった句意。『三冊子』によれば、芭蕉はこの句の要所を「五文字の意気込みにあり」と述べたという。「何にこの」の語気が、一句の命だというのだ。呼びかける気持ちを含んだこの表現によって、烏は単なる客体ではなく、思いを託すものとして詠まれている。人でごった返す市中へわざわざ向かう烏の姿には、風雅を志しながらも、やはり生活者として市中に行かざるを得ない自分の姿が重ねられている。風雅に徹しきれないことへの自嘲に裏打ちされた一句。季語＝師走（冬）

15日

雑水《ざふすい》に琵琶《びは》聴く軒の霰哉

『有磯海』

雑炊を啜りつつ、霰が軒を打つ音を聞いていると、ふとそれが琵琶の音であるかのように聞こえてきた、というのである。先行作に「琵琶行の夜や三味線の音霰」（『後の旅』）があり、白楽天の詩「琵琶行」がふまえられている。その中で、琵琶の音は「嘈嘈切切錯雑弾（時にけたたましく、時にかすかに弾く）」と表現されており、「雑水」の句における霰の音も、こうしたイメージの下にあるといえる。「雑水」の温かさと、霰の音の冷え冷えとした感覚との対比が、冬の季節感をあざやかに言いとめている。因みに雑炊は、この当時には季語になっていない。季語＝霰（冬）

16日

箱根越す人もあるらし今朝の雪

『笈の小文』

前文に「逢佐の人々に迎ひ取られて、しばらく休息する程」とある。ただでさえ険しい箱根路が、雪によってなお辛い道のりとなるこの朝にも、そこを越えてゆく旅人がいることだろう。今、安息を得て庭先の雪を見ながら、そんな風狂の旅人を思いやっている、という句意。前文にある「逢佐」とは名古屋のこと。当地で美濃屋聴雪亭に寄宿した際の句。「箱根越す人」には、過日同じ思いを経験した自身の姿も投影されている。今の自分は旅の辛さから解放され、遠くの旅人を思いやるばかりの安楽な境地を得ている。その感慨を伝えることで、名古屋の仲間たちへの謝辞とした。季語＝雪（冬）

17日

旅寝して見しや浮世の煤払ひ

『笈の小文』

前文に「師走十日余、名古屋を出て旧里《ふるさと》に入《いら》んとす」とある。旅寝を重ね、今日は十二月十三日、浮世は煤払いの日である。世俗の人々が忙しく立ち働くのを見るにつけ、旅に明け暮れる自分が、世外の徒であることを痛感する、という句意。世間から遊離した風流人の孤独を嘆いているばかりではない。世間の人にとっては年中行事にすぎない「煤払ひ」に、郷愁を呼び起こすような懐かしさを見出したのは、世外の徒ならではの発見といえる。むしろ自らの生き方を誇る気持ちも底流にあるのだ。**季語＝煤払（冬）**

18日

旧里《ふるさと》や臍の緒に泣く年の暮

『笈の小文』

みずからの臍の尾を見せてもらい、懐かしさに涙をこぼしている、この年の暮。ここがまぎれもないわが故郷なのだと、今しみじみと実感している、といった句意。『笈の小文』の旅の途次、故郷の伊賀上野にて年越しをしたときの作。ものごとを強く提示する働きを持った切字「や」を用いた「旧里や」の打ち出しに、万感の思いがこもる。その強い打ち出しを、悲しみをあらわに表現した「泣く」という感情語が受け止めている。年齢をまたひとつ重ねることになる「年の暮」の現実が、いっそう懐旧の情を深めるのだ。**季語＝年の暮（冬）**

19日

年の市線香買ひに出でばやな

『続虚栗』

年の市の立つころとなった。風雅の日々を送る私ではあるが、線香ぐらいは買いにいこうか、といった句意。年の市は、正月用品や必需品を売るために立つ市。線香は当時、仏事のためだけではなく、俳席で時間を計る際にも使われていたことが、曲水宛の書簡「風雅三等之文」にある「線香五分之間に工夫をめぐらし」という記述でわかる。風雅を志しながら線香などという日常品を買いにいくところ、またそれを「出でばやな」と大袈裟に表現したところにおかしみがある。季語＝年の市（冬）

20日

煤《すす》掃《はき》は杉の木の間の嵐哉

『己が光』

「旅行」と前書。旅に生きる自分にとっては、杉並木がわが家のようなもの。嵐が杉の木の間の落葉を浚っていくのがすなわち煤掃きである、といった句意。飄々と風雅に徹する生きざまを、見立ての趣向によって表現した句。のみならず、鮮烈なイメージも魅力的だ。杉の青葉をざわつかせながら過ぎていく風に、落葉が舞い上がるさまは、まさに冬という季節の真髄を捉えているといってよい。季語＝煤掃（冬）

21日

暮れ暮れて餅を木魂《こだま》の侘《わび》寝《ね》哉

『天和二年歳旦発句牒』

いよいよ年の瀬が近づき、あちこちで餅をつく音が響いている。その音を木魂のように実感の伴わないものとして聞きながら、草庵で侘しく布団に入っている、というのである。「餅を木魂」の措辞が巧み。自分とは関係のない世俗の巷に響き渡る餅搗の音を的確に表現している。またそこには、ひたすら風雅に生きる者の孤独感も込められている。侘びに徹した暮らしだからこそ、市井の餅搗の音がいっそう身に沁みてくるのである。世俗の人が感じるよりも、むしろずっと強く、餅搗の音に歳末の情感を感じ取っているのであろう。**季語＝餅搗（冬）**

22日

煤《すす》掃《はき》は己が棚つる大工かな

『炭俵』

煤掃きの今日ばかりは、いつも他人の家を造っている大工も家にいて、自分の家族のために棚を吊っている、というのである。市井の人々の生活の一こまを切り取った句。「棚」はこの場合、年神への供物を捧げる恵方棚のこと。俳文学者・尾形仂は芭蕉の軽みが三次の深化の過程を辿っているとし、晩年の第三次の軽みにおいては、その究極の目標として「日常性の中に詩を求め、それを日常の言葉をもってうたいあげる」（「巧者の芸境」、『座の文学』昭48）ことが志向されていたという。この句などまさにその好例といえる。**季語＝煤掃（冬）**

23日

納豆《なっと》切る音しばし待て鉢叩き

『韻塞』

納豆を刻む音が台所から聞こえてくる。ちょっと待ちなさい、ちょうど鉢叩きがやってきたから、鉦の音や瓢を叩く音に、静かに耳を傾けようじゃないか、という句意。納豆は、細かく刻んで納豆汁にする糸引き納豆のこと。鉢叩きとは、十一月十三日の空也忌から四十八夜、毎晩のように鉦や瓢簞を鳴らし、念仏を唱えては、洛中洛外をめぐる空也僧たちを指す。生活感のある納豆を切る音と、侘しい鉢叩きの音との取合せ。同時に聞こえてくる二つの音が、これまでの詩歌になかったユニークな音の世界を拓いている。

季語＝鉢叩き（冬）

24日

二人見し雪は今年も降りけるか

『庭竈集』

去年の冬、二人でともに旅をしたときに見た雪は、今年もかの地に降っているだろうか、といった句意。『庭竈集』には「越人に送る文」という前文付で載り、その中で芭蕉は、尾張在住の弟子・越人の悠々自適の暮らしぶりを讃え「これ我が友なり」と紹介している。伊良湖の弟子・杜国を訪うべく、越人と二人で旅をした冬を追憶した句。切れを持たないなだらかな口調、そして末尾を「か」という軽い問いかけの助詞で締めたことで、感情語を一切用いていないにもかかわらず情感のある一句となった。季語＝雪（冬）

25日

せつかれて年忘れする機嫌かな

『芭蕉庵小文庫』

世間と一線を画す身の上ではあるが、門人たちに促されて年忘れの会を催してみると、思いがけなく楽しく、機嫌も上々になった、という句意。風狂の徒としてのポーズと、生活者としての正直な感慨との落差が、笑いを誘う。「せつかれて」には、気の進まないことを強いられる、というニュアンスがある。芭蕉の連句には「ほそき筋より恋つのりつつ　曲水／物おもふ身にもの喰へとせつかれて　芭蕉」（『ひさご』、「木のもとに」の歌仙）という付合もあり、そこでは「せつかれて」が遣る瀬ない恋に悩む女の心を巧みに言い取っている。季語＝年忘れ（冬）

26日

有明も三十日《みそか》に近し餅の音

「真蹟自画賛」

「その年の冬」と前書。空では有明月が細くなりゆき、月のない三十日に近くなってきた。一方、地上のあちこちの家では、正月用に餅を搗いている音が聞こえてきて、いよいよ年の瀬であることが実感される、といった句意。有明月と餅の音との配合で、歳末の風情を言いとめた。細く弱く輝く有明月と、朝方のまだかすかな餅の音とは、孤高の詩人・芭蕉の胸のうちを代弁している。『三冊子』によれば、吉田兼好の和歌「ありとだに人に知られぬ身のほどやみそかに近き有明の月」を念頭に置いた一句だという。季語＝餅搗（冬）

27日

分《ふん》別《べつ》の底たたきけり年の昏《くれ》

『誹諧翁艸』

智恵や才覚、そういった分別の入れ物の底も尽くほどに、年の瀬の遣り繰りに追われている、という句意。同時代の作家・井原西鶴の浮世草子『世間胸算用』に描かれたように、歳末は貸借の総決算で、民衆たちはその対処におおわらわだった。自省の句とみるか、世俗を詠んだ句とみるかで従来の解釈は分かれているが、「たたきけり」という切字を含んだ強い断定からして、他者のことを推察した句とは考えにくい。自らの侘びた境遇を示しながら、その背後に世俗の慌しさも感じさせているところに妙味があるのだ。

季語＝年の暮（冬）

28日

盗《ぬす》人《びと》に逢《お》うた夜もあり年の暮

『続猿蓑』

そういえば泥棒に入られた夜もあったなあと、年の瀬に一年を振り返って思い出している、という句意。「こんな草庵にも盗人が入ったよ」と興ずることで、この一年の侘びに徹した暮らしぶりを表現した。乾裕幸がこの句を挙げて「懐旧が『年の暮』の本意として芭蕉の発句に定着した」と述べているように（『芭蕉歳時記』）、芭蕉の「年の暮」の句には「旧里や臍の緒に泣く年の暮」（『笈の小文』）など懐旧の句が目立つ。この「盗人」の句の場合、懐旧する内容として、盗人に入られた珍事を持ってきたところに俳味がある。

季語＝年の暮（冬）

29日

塩鯛の歯ぐきも寒し魚の店《たな》

『俳諧薦獅子集』

冬の魚屋の店先、剝き出しになった塩鯛の歯ぐきの寒々しさを詠んだ句。弟子・其角は、凡手であれば「老の果」や「年のくれ」を取り合わせるところ、「魚の店」と置いた点に「活語の妙」を知ったと驚嘆している（『句兄弟』）。「塩鯛の歯ぐき」に焦点を絞り、そこへあえて「魚の店」という一見無作為な下五を取り合わせたことで、リアリティを持って寒々とした町角の風情が出てくるのだ。このことは現代俳句の取合せのあり方についても重要な示唆を含んでいる。其角の「声嗄れて猿の歯白し峰の月」に呼応した作。

季語＝寒し（冬）

30日

まづ祝へ梅を心の冬ごもり

『阿羅野』

この一年、いろいろあったけれど、何はさておき来たるべき春を今から祝いなさい。冬籠りの日々にふさぎこまないで、いつかは梅が咲くことを心に置きながら……といった句意。「冬籠」の本意は、「物に蓋をしたる心」（『俳諧雅楽集』）。そうした本意をうち返し、来るべき春に期待するよう促したところがこの句の面白さだろう。蟄居中の杜国の召使・権七に向けられたもので、いつか主人が解放されるときがくるよう励ましている。芭蕉は伊良湖崎まで見舞いに訪ねたり、吉野へ旅をともにするなど心を尽くしたが、元禄三年、杜国は赦されることなく保美村で病没した。季語＝冬籠り（冬）

31日

魚《うを》鳥《とり》の心は知らず年忘れ

『流川集』

魚や鳥の心を人々は知ることはない、それと同じように、風雅の者が寄り集まってささやかな年忘れの会を開くこの喜びを、余人が理解できるはずもない、という句意。『方丈記』の一節「魚は水に飽かず。魚に非ざればその心を知らず。鳥は林を願ふ。鳥に非ざればその心を知らず。閑居の気味もまた同じ」をふまえている。長明は「閑居」の美学を唱えたが、芭蕉は「年忘れ」によって仲間とともに年を越す楽しさを表現した。隠棲を望む一方で、人との交流を楽しむ一面も芭蕉は持ち合わせていたのだ。季語＝年忘れ（冬）

詩情の開拓者、芭蕉——あとがきに代えて

日替わりで芭蕉の句を紹介していくこの連載では、その季節に合った発句を紹介することができる。星々すら凍てつくような寒い夜に雪の句を、噴きだしてくる汗を拭いながら蟬の句を、それぞれ鑑賞することができたのは、新鮮な体験だった。連載を進めてゆくうち、自然に、関心の主眼は季語の問題に定められた。

芭蕉は季語というものをどのように捉えていたのか。それを一句一句検証してゆくためには、芭蕉に近しい人物による季語観が参考になる。そこで注目した資料が『俳諧雅楽集』である。これは宝永三年に成立した芭蕉の門人・森川許六系統の伝書であり、前半の俳論部と、後半の季題本意の解説との、二部構成となっている。俳論部で「芭蕉流は雅楽のごとし」と述べられているとおり、許六は和歌伝統に連なるものとして蕉風を位置づけている。だからこそ和歌伝来の本意と言う考え方を重要視し、季語ごとにその解説を載せたのである。ただし、そこに書かれている本意は、和歌の伝統や初期俳諧とは異なる、蕉風独特のものも見出され、興味深い。たとえば、

「桜」といえば中世的な美意識においては散るときの儚さを愛でるものであったが『俳諧雅楽集』では「派手風流にうき世めきたる心　花麗全盛と見るべし」と、むしろ今を盛りと咲き誇る華麗さを詠むべきだとしている。このことは当時、民衆の間に花見が普及したことに伴い、桜の詠まれ方が変わったことを示唆している。

木のもとに汁も膾も桜かな　『ひさご』

庶民的でにぎやかな花見を詠んだ芭蕉は、このような新しい桜の本意を意識していたと思われるのである。

東聖子は、その著書『蕉風俳諧における〈季語・季題〉の研究』（平14）の中で、同じく山崎文庫本の翻刻による『俳諧雅楽集』の記述を引用し、『連歌至宝抄』などの連歌作法書に出てくる本意についての記述との比較を行っている。また堀切実は「俳句研究」連載中の「芭蕉たちの俳談――「去来抄」に学ぶ」の中で、『俳諧雅楽集』に書かれた本意を発句鑑賞の際に参考にしている。しかし、それらは例外的な試みなのであり、『俳諧雅楽集』は、従来の芭蕉の発句鑑賞では、ほとんど取り上げられてこなかった。

芭蕉の句を読み解くにあたって、本書が『俳諧雅楽集』に書かれた本意を用いたのは、芭蕉が季語の新しい有り様を描き出そうと果敢に挑戦していたことをあきらかにし、〝詩情の開拓者〟たる芭蕉の姿を浮き彫りにするためである。事実、『初懐紙評註』（貞享三年成立）の中で芭蕉は、文鱗の「砌に高き去年の桐の実」という付句を評し、「桐の実見付たる、新しき俳諧の本意、かかる所に侍る」と述べており、俳諧の本意を重視していたことがうかがえるのである。

もうひとつの本書の特徴は、現代俳人としての視点から芭蕉の魅力を探った点にある。芭蕉の詩的方法や修辞が、現代俳句にとってどんな意味を持つのか。そうした問題意識のもと、作品の成立事情のみならず、修辞に即して読むことを心がけた。近代化の過程で、俳句が切り捨てたものの、見失ってしまったものを、芭蕉の句は教えてくれる。その一例として、芭蕉が積極的に時間意識を句に取り入れ、斬新な詩情を生んでいたことが挙げられる。


蝶の羽のいくたび越ゆる塀の屋根　『芭蕉句選拾遺』

この句の場合、「いくたび越ゆる」という捉え方には時間の意識が含まれている。そしてその把握が、蝶の羽根の緩慢な動きを描出しているといえる。同様に、

雲の峰幾つ崩れて月の山　『おくのほそ道』

の句は、ロングスパンの時間で風景を捉えることで、炎天下の雲の峰と、月光の降り注ぐ中の月山との鮮やかな対照を見出している。

海外に俳句を紹介したR・H・ブライスの「俳句は、あるミスティカルな理由で特別の意義をもつ瞬間を記録する」（村松友次・三石庸子訳『俳句』平15）という言葉にみられるように、俳句は対象の瞬間的な像を写し取るものと考えられがちである。しかし芭蕉は、時間の推移を捉えることで、複層的な視点による、豊かな詩的世界を獲得しているのである。

感情表現の豊かさも芭蕉発句の大きな魅力である。

あらたふと青葉若葉の日の光　　　『おくのほそ道』

「あらたふと」という表現によって、芭蕉は感情をあらわに打ち出している。この表現は、描写を放棄した観念的な表現とも受け取れる。しかしこの表現は、感情を伝えることが本義ではない。高揚した心中を伝えることで、あふれるばかりの青葉若葉の光が描出されていることを見逃してはならない。

山本健吉は俳句は「もの」に依拠する文芸であると語っており（「俳句の方法」昭43）、これに触発された秋元不死男は「俳句もの説」を提唱した。しかし、感情表現は必ずしも対象の認知を妨げ、一句を観念的にするものではない。むしろ感情をあらわに表現することで、対象の生々しい有り様を一句の上に描き出すこともできるのだ。

いま、時間表現と感情表現のふたつを挙げたが、いうまでもなく芭蕉の句の詩的な魅力はこれにとどまるものではない。芭蕉の句はいまや、日本国内にとどまらず、世界中の多くの人々に親しまれている。この現象は、芭蕉の俳句が、日本的な情趣や情感を超えた、普遍的詩情を持っているところの証だ。芭蕉の開拓した詩情は、時代や価値観の枠を越え、人の心の深いところにまで届き、感動を与える。本書が、その詩情の一端でも読者に伝えることができていたら、幸いである。

最後になったが、この本は先学の築いた業績の上に成った。芭蕉の魅力をさまざまな角度から検証してきた多くの鑑賞者、研究者に敬意を表したい。特に、俳文学を志して以来ご指導いただいている堀切実先生には、多くのご教示をいただいた。ありがとうございました。

五月、若葉まぶしき季節に

高柳克弘

季語索引

青葉若葉［あおばわかば］（夏）……85
秋［あき］（秋）……134・142・145・168・175
秋風［あきかぜ］（秋）……142・185
秋暮る［あきくる］（秋）……178
秋涼し［あきすずし］（秋）……151
秋近し［あきちかし］（夏）……131
秋の色［あきのいろ］（秋）……143
秋の風［あきのかぜ］（秋）……136・137・149・151・156・171・174
秋の暮［あきのくれ］（秋）……163・169・178・185
秋の霜［あきのしも］（秋）……179
秋の夜［あきのよ］（秋）……137
秋深し［あきふかし］（秋）……187
朝顔［あさがお］（秋）……140・141
紫陽花［あじさい］（夏）……95・103
暑き日［あつきひ］（夏）……113
暑し［あつし］（夏）……88
天の川［あまのがわ］（秋）……116
菖蒲草［あやめぐさ］（夏）……99
霰［あられ］（冬）……14・16・209・210
十六夜［いざよい］（秋）……156
いざよふ月［いざようつき］（秋）……158
泉［いずみ］（夏）……123
いとど［いとど］（秋）……181
稲妻［いなずま］（秋）……143・182
稲刈る［いねかる］（秋）……181
稲こき［いねこき］（秋）……177
芋［いも］（秋）……150
鶯［うぐいす］（春）……26・27
埋火［うずみび］（冬）……203
卯の花［うのはな］（夏）……92
鵜舟［うぶね］（夏）……132
梅［うめ］（春）……21・28・29・30・33・35・36・37・38
梅の雨［うめのあめ］（夏）……84
浦の春［うらのはる］（新年）……11
瓜［うり］（夏）……119・133
樗の花［おうちのはな］（夏）……78
置炬燵［おきごたつ］（冬）……19
荻の二葉［おぎのふたば］（春）……28
朧［おぼろ］（春）……44
朧月［おぼろづき］（春）……72
女郎花［おみなえし］（秋）……161
蚊［か］（夏）……117
かいつぶり［かいつぶり］（冬）……206
返り花［かえりばな］（冬）……197
陽炎［かげろう］（春）……42・71・72
鰍［かじか］（秋）……169

水仙［すいせん］（冬）……25
涼し［すずし］（夏）……114・126
煤掃［すすはき］（冬）……212・213
煤払［すすはらい］（冬）……211
菫［すみれ］（春）……43
相撲取［すもうとり］（秋）……188
蟬［せみ］（夏）……119
蟬の声［せみのこえ］（夏）……108・124
蕎麦の花［そばのはな］（秋）……168
大根引［だいこひき］（冬）……199
田植［たうえ］（夏）……88
田植歌［たうえうた］（夏）……89
鷹［たか］（冬）……21
竹の子［たけのこ］（夏）……95・101
橘の花［たちばなのはな］（夏）……104
種芋［たねいも］（春）……64
玉霰［たまあられ］（冬）……16
玉祭［たままつり］（秋）……138・139
探梅［たんばい］（冬）……26
千鳥［ちどり］（冬）……20

粽［ちまき］（夏）……79
蝶［ちょう］（春）……41
月［つき］（秋）……144・150・155・159・162・163
月の友［つきのとも］（秋）……160
月見［つきみ］（秋）……157・160
蔦［つた］（秋）……185
蔦葛［つたかずら］（秋）……170
躑躅［つつじ］（春）……44
椿［つばき］（春）……21
燕［つばめ］（春）……31
露［つゆ］（秋）……142
唐辛子［とうがらし］（秋）……158
心太［ところてん］（夏）……121
野老掘る［ところほる］（春）……35
年暮る［としくる］（冬）……208
年の市［としのいち］（冬）……212
年の暮［としのくれ］（冬）……211・216
年忘れ［としわすれ］（冬）……206・215・218
蜻蛉［とんぼ］（秋）……172
薺［なずな］（春）……34

夏草［なつくさ］（夏）……88・105
夏木立［なつこだち］（夏）……87
夏衣［なつごろも］（夏）……118
夏座敷［なつざしき］（夏）……86
夏野［なつの］（夏）……86
夏の海［なつのうみ］（夏）……105
夏の月［なつのつき］（夏）……99・117・122
夏の夜［なつのよ］（夏）……120
撫子［なでしこ］（夏）……128
菜の花［なのはな］（春）……38
海鼠［なまこ］（冬）……13
猫の恋［ねこのこい］（春）……72
猫の妻［ねこのつま］（春）……31
涅槃会［ねはんえ］（春）……62
合歓の花［ねむのはな］（夏）……113
蚤［のみ］（夏）……107
海苔［のり］（春）……43
野分［のわき］（秋）……171
墓参り［はかまいり］（秋）……138
萩［はぎ］（秋）……144・175・186

山桜［やまざくら］（春）……65
山吹［やまぶき］（春）……70
夕涼み［ゆうすずみ］（夏）……114・133
雪［ゆき］（冬）……15・17・19・207・208・210・214
雪の朝［ゆきのあさ］（冬）……12
雪の花［ゆきのはな］（冬）……15
雪間［ゆきま］（春）……32
雪まるげ［ゆきまるげ］（冬）……17
行く秋［ゆくあき］（秋）……186
行く春［ゆくはる］（春）……73・84
柚の花［ゆのはな］（夏）……96
宵涼み［よいすずみ］（夏）……124
夜寒［よさむ］（秋）……180・188
蓬［よもぎ］（春）……68
老鶯［ろうおう］（夏）……101
六月［ろくがつ］（夏）……120
炉開き［ろびらき］（冬）……196
若夷［わかえびす］（新年）……8
若菜［わかな］（新年）……10・35
若葉［わかば］（夏）……80
早稲［わせ］（秋）……144
渡り鳥［わたりどり］（秋）……167

著者略歴

髙柳克弘（たかやなぎ・かつひろ）

1980年　静岡県浜松市生まれ。早稲田大学教育学研究科博士前期過程修了。専門は芭蕉発句の表現研究。

2002年「鷹」に入会、藤田湘子に師事。2004年「息吹」50句によって俳句研究賞受賞。2005年藤田湘子逝去。新主宰小川軽舟の下、「鷹」編集長就任。

2008年　評論集『凜然たる青春』によって俳人協会評論新人賞受賞。2010年　第一句集『未踏』によって第一回田中裕明賞受賞。

2017年度、Eテレ「NHK俳句」選者。

著書に『凜然たる青春』（富士見書房）、『未踏』（ふらんす堂）、『寒林』（同）、『名句徹底鑑賞ドリル』（NHK出版）、『どれがほんと？万太郎俳句の虚と実』（慶應義塾大学出版）、『蕉門の一句』（ふらんす堂）。読売新聞夕刊「KODOMO俳句」選者。